REINA DE CORAZONES

VOLUMEN 1
LA CORONA

COLLEEN OAKES

SÉLECTOR

ACTUALIDAD EDITORIAL

Reina de corazones
Colleen Oakes

© **2014, Colleen Oakes**. Esta traducción se publica bajo acuerdo con SparkPoint Press,
una división de SparkPoint Studio. Todos los derechos reservados.

D.R. © Selector S.A. de C.V. 2015
Doctor Erazo 120, Col. Doctores,
C.P. 06720, México D.F.

D.R. © Carolina Lewis y Lola Horner, por la traducción

ISBN: 978-607-453-347-7
Primera edición: octubre de 2015

Consulte nuestro aviso de privacidad en www.selector.com.mx

Impreso en México
Printed in Mexico

Este libro es para Ryan,
para siempre el rey bueno de mi corazón

—¿Qué te parece la Reina? —preguntó el Gato en voz baja.
—No me gusta nada —confesó Alicia—. Es tan exagerada...
En ese momento, se percató de que la Reina estaba
detrás de ella, escuchándola, así que continuó:
—Tan exagerada en su gusto por ganar,
que resulta difícil terminar el juego.

Alicia en el País de las Maravillas,
Lewis Carroll

Mejor es la sabiduría que las armas de guerra,
pero un solo pecador destruye mucho bien.

Eclesiastés, 9:18

Volumen uno
La corona

CAPÍTULO 1

¡**A**rriba, arriba, que se hace tarde! —Harris saltaba de un pie a otro; su cara redonda, empapada de sudor. Se quitó los gruesos anteojos de armazón de pasta y los limpió con un pañuelito de cuadros blancos.

—¡Dinah, levántate! ¡Vamos que se hace tarde, tarde, tarde!

Dinah hizo un gesto de disgusto y se hundió más profundo debajo del cobertor, relleno de finas plumas de pavo real.

—Mmmhhhh... —respondió ella.

Ansiaba volver a su siesta de media tarde, estaba soñando que paseaba por el Bosque Retorcido, mientras perseguía una mariposa blanca iridiscente; su esqueleto brillaba a través de una piel fina, casi translúcida. En el momento justo, cuando ella cerraba la mano para aprisionar su pequeño cuerpecito, la mariposa fue atraída hacia el cielo por una fuerza invisible. Pero cuando miró de nuevo hacia abajo, su corazón latiente estaba todavía entre sus manos.

Dinah se sentó en la orilla del colchón, completamente despierta. Harris permaneció junto a la cama, esperándola cortésmente. La resplandeciente luz del País de las Maravillas se colaba a través de las ventanas de su balcón.

—Harris, te ordeno que me dejes dormir. Estaba teniendo un sueño tan bonito...

Ella trató de dar una ligera patada con el pie desnudo al reloj de bolsillo que él pendulaba sobre su cuerpo.

—Princesa, tienes que levantarte. Traigo un mensaje muy importante del Rey de Corazones: tu padre desea verte.

Dinah se levantó de la cama con un largo bostezo. Dormir era una parte esencial de la vida en el País de las Maravillas y, en ocasiones, su parte favorita del día. Ella estaba desnuda y consideró cubrirse, pero luego lo pensó mejor. Harris la había visto desnuda un millón de veces, al haberla criado desde que era una niña, de modo que no se molestó en preocuparse por que pudiera verla. El viejo regordete apenas si le prestaba atención.

—¡Emilia! Prepara el baño para la princesa inmediatamente. Bien caliente.

Dinah rezongó con un gesto y dijo:

—No me gusta el agua caliente. Prefiero los baños de agua fría, gracias.

Harris dio una carcajada y algunos pelos blancos cayeron sobre sus lentes:

—Hay muchas cosas en las que las princesas no pueden elegir, Dinah; ya lo sabes.

Dinah acarició la superficie espumosa que se iba formando en la bañera, mientras Emilia la llenaba de agua con un largo cuello de cisne que corría a lo largo del techo y bajaba a la enorme tina de color negro. Enormes burbujas del tamaño de un melón se alzaron en el aire. Dinah suspiró con enfado.

—¿Por qué tengo que ir al Gran Salón? Nunca puedo decir nada y mi padre ni siquiera me dirige la palabra —dijo y pensó: "ni siquiera me mira".

Emilia le dio un ligero coscorrón en la cabeza:

—No deberías decir esas cosas acerca del Rey de Corazones.

Dinah metió la punta del dedo gordo del pie en la bañera; lo caliente del agua la hizo sacar la pierna y contraerse en un lamento:

—¡Odio bañarme!

—Lo sabemos —replicaron Emilia y Harris.

Harris volvió a mirar su reloj de bolsillo:

—¡Vamos! ¡Vamos! ¡Ya se hizo muy tarde!

Dinah dejó escapar un escandaloso chillido mientras entraba a la bañera, y le dirigió un gruñido a Emilia, quien le dejaba caer sobre la cabeza una enorme bandeja de agua, antes de empezar a tallarla con la piel de dos pequeños puercoespines.

—Princesa, ¡tiene las orejas asquerosas! —exclamó Emilia—. ¿Pero qué estuviste haciendo ayer?

—Nada —dijo, y luego pensó: "sólo escuchar el suelo, recolectar motitas de polvo, escalar el árbol de Julla, aguantar un duelo de espadas con Wardley entre los establos, espiar a las Cartas..."

Dinah hubiera estado feliz de encontrarse en cualquier otro lugar, excepto en esa bañera, a pocos minutos de ver a su padre. Emilia le levantó el brazo y se puso a tallarle las axilas con tanta fuerza que Dinah se sintió en carne viva. Luego le talló el torso y las piernas. Con un pesado gruñido, Emilia ayudó a Dinah a salir de la bañera para que se pusiera de pie.

—Séquese bien —ordenó.

Sonriente, Dinah fue hacia el balcón, al cálido sol de media tarde del País de las Maravillas. Se detuvo con los brazos abiertos, sintiendo cómo las gotitas de agua escurrían por su cuerpo y se secaban. Desde el balcón podía ver prácticamente todo el País de las Maravillas, los poblados de allá afuera, todo ese lugar que pronto sería suyo y tendría que dirigir y gobernar. Dinah dio un profundo respiro de placer mientras sus ojos hambrientos devoraban el extenso panorama. Allá lejos, hacia el norte, se extendían interminables campos de flores silvestres y, del otro lado, el Noveno Mar, aunque ella no lo había visto nunca. Por lo que había estudiado, ella sabía que más allá estaban las temidas Cavernas del Luto, que bordeaban un enorme lago, que recibió el nombre de Todren, y era la morada de sirenas y monstruos marinos que alimentaban las pesadillas y los cuentos infantiles. Hacia el este, más allá de las planicies, ella podía divisar vagamente las montañas achatadas de Yurkei, que abren paso al Bosque Retorcido, donde exploradores y aventureros habían ido a morir a manos de osos blancos de las tribus de las montañas de los yurkei. Hacia el sur se encontraban las Tierras oscuras, una región pantanosa y húmeda, que hospedaba a Cartas corrompidas y fantasmas errantes, hogar de los Pantanos Penitentes y otros lugares de horror indecible.

Cerca de ella estaba el País de las Maravillas, que incluía docenas de pequeños pueblos, caminos, molinos de viento y ríos, que se asentaban del otro lado de las puertas del palacio de hierro. Esto era *su* país, el corazón del País de las Maravillas, hasta donde sus ojos podían ver. Dinah alzó los brazos como si fuera a abrazarlo todo.

Harris asomó la cabeza por la cortina roja:

—¡Se nos hace tarde, mi niña! ¡Vamos! ¡Vamos, Dinah! Es muy, muy tarde. Por favor, no querrás que el rey se ponga más corajudo de lo que ya es.

Dinah se dio una última sacudida en el sol y con gesto hosco fue hacia dentro.

—Por favor, su alteza, tome asiento —la espoleó Emilia.

Dinah se sentó y Emilia se puso a deslizar el cepillo por entre su gruesa cabellera negra.

—No, por favor, detente —gimió Dinah.

La dama de compañía le jaló las orejas con cariño y le dijo:

—No le dolería tanto si se estuviera quieta.

Dinah quiso replicar, pero Emilia la regañó con un chasquido de lengua.

Después del cepillado, venían las intolerables vestimentas que le ponían y le ajustaban: una bata blanca, seguida de un corset.

—¿Por qué necesito todo esto? —rezongó Dinah, mientras Emilia ajustaba los lazos—. ¡Si apenas tengo quince años!

Emilia no respondió de inmediato y en lugar de ello dio un duro estirón a los lazos. El corset victoriano se ajustó alrededor de la cintura de Dinah.

—Porque no quiere que su padre vea que ha estado comiendo demasiados pasteles, ¿o sí?

Dinah se mordió el labio y se agarró fuerte al vestidor. Cuando esa tortura terminaba, Harris la llevaba al centro de la habitación, donde se quedaba de pie como una muñeca, con los brazos alzados, y las piernas separadas, mientras que su séquito parloteaba acerca de sus vestidos. Un vestido completamente negro con un gran collarín blanco fue lo que decidieron que vestiría. Un collarín que se le abombara alrededor del rostro. Dinah odiaba aquellos vestidos. De hecho, odiaba *todos* los vestidos.

La vistieron en silencio y terminaron con un prendedor de pavo real. Emilia untó de rojo sus labios y mejillas para evitar que Dinah se viera enfermiza, y dibujó un pequeño corazón carmín bajo el ojo derecho. Lo que pareció ser una eternidad después, Dinah se deslizó por el pasillo de los pájaros de oro, sintiéndose exactamente como uno de los pájaros color bronce que adornaban los pedestales dorados que la rodeaban. Su estúpido vestido negro se abultaba en las costuras. Le había dicho a Emilia que era demasiado grande para ese vestido, pero Emilia no la había escuchado. "Es tan tonta", pensó Dinah. "Tonta y estúpida".

Era un pensamiento malvado, y de inmediato se arrepintió de él. La rabia de Dinah podía abrumarla si no era cuidadosa. Su cabello estaba torcido en un moño insufriblemente rígido, uno que exageraba los ojos negros, ya de por sí grandes, de Dinah. Sobre su cabeza descansaba la corona de princesa; una delgada tiara de rubíes con forma de corazón, distribuidos en púas doradas. Aun cuando era delgada, la tiara no dejaba de ser pesada. Brilló con la luz del sol, y era la única cosa que hoy Dinah llevaba puesta, que le gustaba. En sus pies tintinearon un par de zapatos de la colección de la Reina: zapatillas blancas hechas a la medida y remachadas con diminutos diamantes blancos. Antes de morir, su madre, la reina Davianna, había retomado el pasatiempo femenino de confeccionar zapatillas. Sin embargo, cuando las usaba, a Dinah le dolían los pies. Odiaba la forma en que las pequeñas piedras cortaban sus dedos y talones. Ella tenía los pies anchos, y los zapatos le apretaban.

Dinah volteó a ver a Harris y Emilia. Él caminaba rápido detrás de ella, y tenía todo el aspecto de una morsa. Era un hombre cariñoso y generoso, muy inteligente. Había sido una vez un reluciente naipe, o eso había escuchado Dinah, pero ahora era su tutor y guardián; un hombre corpulento con el cabello blanco y una docena de trajes a cuadros. Sin duda, él quería profundamente a Dinah, algo que a ella le faltaba en otras áreas de su vida.

Un pajarito se interpuso en su camino y Dinah lo pateó con fuerza, lanzándolo al aire entre chillidos.

—¡Mi niña! —gritó Harris—, *no* te permitas ese comportamiento delante de tu padre o serás enviada a dormir a las Torres Negras.

—Lo dudo —respondió Dinah, sombría—. Quisiera que eso ocurriera porque entonces podría ver cómo son por dentro.

Harris miró a Dinah, decepcionado.

—Nunca desees estar en las Torres Negras —la reprendió seriamente—. No tienes idea del mal que se esconde ahí.

Él empezó a susurrarle cosas a Emilia. Dinah se arrepintió de sus palabras al instante. Su padre la había amenazado con enviarla a las Torres Negras varias veces, pero eso nunca había ocurrido. Sólo los peores criminales del País de las Maravillas entraban ahí. Y una vez que entraban, no volvían a salir jamás. Los rumores decían que el rey enviaba a las Torres Negras a aquellos que necesitaba silenciar: naipes, mercaderes y recolectores de deudas. Las Torres Negras se componían de seis o siete conos unidos por un pasillo retorcido, conocido como la red de hierro, que se dirigía hacia cada una de las puertas de las torres y luego se enredaba en ellas de arriba abajo. Una vez, Dinah había escuchado que su padre las llamaba "maravilla colosal y malvada".

Desde la ventana de su habitación, a Dinah le encantaba observar a los naipes de tréboles correteando arriba y abajo de las espirales, como pequeñas arañas vestidas de gris, sosteniendo sus libros o instrumentos de tortura. A la princesa nunca le habían permitido entrar en las Torres Negras, por supuesto, pero ella planeaba visitarlas algún día con su mejor amigo, Wardley. Aunque probablemente tendría que esperar a ser reina para eso.

Dinah, Harris y Emily se acercaron al gran salón. Dos enormes puertas de marfil surgieron amenazadoramente frente a ella, talladas con toda la historia del País de las Maravillas. Árboles malvados, tribus yurkei y conchas de mar danzaron frente a sus ojos. Ella los cerró con fuerza.

"Quizá", pensó, "quizá si lo deseo con suficiente fuerza, podría estar en cualquier lugar menos aquí".

Dinah anheló estar afuera, jugando ajedrez con los hijos de los sirvientes, o asomándose al escondite del conejo cerca del viejo roble. Cualquier lugar era mejor que el gran salón, sabiendo que su padre esperaba tras esas puertas inescrutables. Dos naipes de corazones, ambos muy guapos, impecables dentro de sus uniformes, abrieron las puertas para ella mientras se aproximaba.

Dinah sintió que sus manos comenzaban a temblar y se paralizó. "No ahora, por favor, no ahora", pensó.

Sintió la mano de Harris sobre su hombro, y agradeció su toque tranquilizador. Él se inclinó hasta que pudo mirar a la princesa directamente a los ojos:

—Dinah, mi niña, el Rey te ha llamado aquí por una razón muy especial. Intenta ser respetuosa, cariñosa y educada. Él es tu padre y gobierna este reino. Trata de recordar eso. Todo lo que el Rey hace lo hace por el País de las Maravillas.

El corazón de Dinah latía salvajemente en su pecho. Algo estaba mal, podía sentirlo. ¿Por qué había sido convocada aquí? ¿Quizá esta no era otra aburrida reunión del consejo, en la que debía estarse quieta en su diminuta silla y fingir interés mientras los hombres del País de las Maravillas discutían sobre conquistas, levantamientos yurkei y política?

Harris lamió su arrugado dedo y le limpió algo a Dinah de la cara:

—Dinah, mi niña, mírame. Todo va a estar bien. Voy a esperarte aquí afuera.

A Dinah la asaltó el pánico:

—¡No, nooo! Quiero que vengas conmigo —dijo mientras se pegaba a él.

—No me está permitido entrar en el Gran Salón para esto. Sólo por hoy, el rey desea tener toda tu atención.

Harris nunca había sido excluido de un evento en el Gran Salón. Como guardián y tutor de la princesa, era bienvenido en las reuniones del consejo. Pero hoy no. Algo andaba muy mal.

—¡Noooo! —Dinah rodeó a Harris con los brazos—. Por favor ven, no sé lo que está pasando; por favor, ven conmigo.

Harris se zafó del abrazo de la princesa.

—¡Dinah! No olvides quién eres. Eres la princesa del País de las Maravillas, y no debes volver a actuar de esta forma. ¿Acaso quieres avergonzar al rey?

Ella negó con la cabeza.

—Entonces ve adentro y salúdalo de forma respetuosa —le recomendó Harris con una generosa sonrisa—. Todo estará bien, mi niña, confía en mí. Ahora muéstrame tu cara más valiente. Déjame verla.

Dinah hizo una mueca.

—No, esa no es —dijo Harris—. Ahora muéstrame a la Dinah valiente, la osada, quien será la futura reina del País de las Maravillas, la futura Reina de Corazones.

Dinah respiró hondo y se armó de coraje. Se plantó con fuerza y aguantó la respiración.

—Eso está un poco mejor —Harris le palmeó la cabeza con entusiasmo, pero Dinah estaba segura de haber visto las lágrimas acudir a sus ojos—. Es hora. Se nos hizo muy, muy tarde. Voy a estar aquí afuera.

Dicho esto, la empujó con gentileza dentro del salón. Las puertas de marfil se cerraron con fuerza tras ella, y el sonido reverberó a lo largo y ancho de la habitación. Voluminosos estandartes rojos colgaban de piso a techo, con un corazón negro bordado al centro de cada uno: el blasón del rey. Las zapatillas de la princesa resonaron contra los pisos de mármol y sintió miles de ojos observándola, juzgándola. Sostuvo su corona lo más alta que pudo. Toda la corte la miró caminar por el centro del pasillo, caballeros y damas de noble cuna, con su atuendo que era una explosión de color en el blanquinegro salón de mármol. Dinah caminó velozmente hacia el trono, pero el frente del gran salón todavía parecía estar a muchos kilómetros de distancia.

Los diferentes mazos de los naipes asentían conforme Dinah iba pasando, algunos diciendo "princesa", en voz muy baja. Alcanzó a distinguir una risa disimulada y un susurro de parte de un naipe de diamantes:

—Encarte.

Ella mantuvo la cabeza alta y recta, como Harris le había enseñado. "Algún día este será mi gran salón", se dijo a sí misma. "Todos estos naipes se postrarán ante mí cuando gobierne al lado de mi padre y cortaré la cabeza del que se atreva a reírse de mí o incluso a mirarme".

Todos los naipes estaban presentes, lo cual era otra rareza. Había cuatro divisiones de los hombres llamados *naipes*, cada una cumplía una función para el reino. Los naipes de corazones, hombres guapos, hábiles y uniformados en rojo y blanco, protegían a la familia real y al palacio. Los naipes de tréboles, vestidos de gris, se encargaban de administrar justicia: ellos castigaban a los criminales y asesinos, y organizaban el día de la ejecución. Su función más importante era administrar las Torres Negras. Los naipes de diamantes, vestidos con brillantes túnicas color púrpura, protegían y administraban el tesoro y se encargaban de aumentar los recursos del rey. Luego estaban las espadas. Eran los guerreros, encargados de pelear y saquear; asustaban a Dinah; vestidos de negro, eran hombres endurecidos con pasados peligrosos. Se les consideraba poco confiables, brutales y sedientos de sangre. Si los criminales se reformaban y juraban lealtad, se les permitía unirse a las espadas; eso suponiendo que no hubieran muerto primero en las Torres Negras.

Las espadas eran universalmente temidas a lo largo y ancho del País de las Maravillas. El rey tenía mano firme con ellas, pero era el primer soberano que había logrado someterlas con su puño de hierro. Había ejecutado a sus líderes más importantes y había domado sus maneras salvajes. Las espadas aguardaban en silencio, como un fuego mineral que arde lentamente y en cualquier momento podría explotar y extender su furia por toda la ciudad. Además, todos los naipes, sin importar lo espantosos, también eran la fuente de muchos rumores y leyendas. Cuando Dinah era una niña, le encantaba quedarse despierta en la cama y enlistar los naipes en su orden favorito: los corazones primero, pues la protegían; luego los diamantes, luego los tréboles y finalmente las espadas.

—¡Dinah! —la llamó una fuerte voz desde el trono, y Dinah sintió un hilito de orina deslizarse por debajo de su vestido. Se había quedado perdida en sus pensamientos; hizo una reverencia con la cabeza.

—Ven aquí, ¡ahora! —le ordenó el rey.

Ella caminó rápidamente hacia la plataforma, subiendo una hilera de anchos escalones de mármol. Sobre la plataforma yacían dos enormes sillas. Habían sido moldeadas en oro, cada una en la forma de un gran corazón. Desde arriba del trono, diminutos corazones se alzaban en hileras hacia el techo, volviéndose más pequeños conforme ascendían. La parte de arriba se abría y dejaba ver una hilera de corazones esculpidos, y eran tantos que parecía que iban a salir volando. A Dinah le recordaban a los pájaros. El par de tronos de corazones era parte de la historia del País de las Maravillas: se decía que una vez que te sentabas en el trono, la magia se encauzaba a través de los corazones abiertos y te volvía sabio.

Conociendo a su padre, Dinah sabía que eso no podía ser verdad.

Uno de los tronos yacía vacío, siempre con una rosa fresca encima. Davianna, su madre, había muerto cuando Dinah contaba diez años. El segundo trono era regido por su padre. El Rey de Corazones se erguía sentado ante ella en este momento, un hombre gigantesco, pleno de furia y rectitud, y una insaciable lujuria por la comida y las mujeres. Conforme sus ojos azules se dirigían enojados hacia Dinah en ese instante, ella lo vio como su pueblo lo veía: era el tipo de rey que preferiría entrar en batalla con Hornhoov antes que negociar tras la mesa del Consejo. Era un hombre de acción, valiente y brutal, cuya ira era legendaria. Los habitantes del País de las Maravillas respetaban al rey, pero sólo porque él representaba una fuerza que valía la pena reconocer... y temer. Lo que importaba a la gente de la ciudad era que él fuera capaz de mantenerlos a salvo de los yurkei, y eso hacía que todo lo demás valiera la pena. Dinah no creía que él fuera un gran rey, pero ella era lo suficientemente inteligente como para nunca mencionar esto en voz alta. Conforme veía el endurecido rostro del monarca, recordaba la ocasión en que se lo había dicho a Harris, quien a cambio la había sacudido.

—¡No se te ocurra decir esos disparates sobre el Rey de Corazones! —le había gritado—. ¿Acaso quieres que te decapiten?

—¡No! —respondió ella, llorando histéricamente—. Sólo quiero que él se dé cuenta de que existo.

Harris la abrazó fuertemente, acariciándole el pelo.

—Él nunca será el padre que tú mereces —le susurró. Le trajo a Dinah su pastel favorito y después observaron al sol ponerse sobre el campo de croquet, un premio raro.

—Si no fuera el rey —sollozó Dinah—, quizá él me amaría.

—Mi niña —replicó Harris—, eso no podría haber sido ni será. Tu padre es un hombre brutal, poco seguro de su papel en la vida de su hija, incluso cuando tu madre vivía. La reina Davianna era todo lo que a él le importaba, ella era el único motivo que llegó a desear más que el fragor de las batallas y el olor a sangre fresca sobre su espada. Ellos tuvieron un final terrible, y me parece que de algún modo te culpa por eso.

Dinah pensaba en esa conversación ahora, conforme se arrodillaba en el Gran Salón, incómodamente delante de los tronos. El Consejero del Rey y jefe de su Consejo, un naipe de diamantes llamado Cheshire, se reclinó y susurró algunas palabras al oído de su padre con una felina sonrisa. El estómago de Dinah se encogió al verlo. Ella no confiaba en Cheshire. El rey le gruñó a su consejero y se levantó. Suspiró y se acercó hacia donde estaba su hija.

—Dinah, mi hija, mi niña mayor. Veo que llevas puestos los zapatos de tu madre.

Dinah sintió sus mejillas sonrojarse. "¡Se ha dado cuenta!", pensó. El rey se aclaró la garganta:

—Mírame.

Ella levantó la cabeza demasiado rápido y la corona resbaló de su cabeza y aterrizó con un tañido sobre el mármol. Vio cómo una mueca cruzaba por la cara de su padre.

—No seas tan ansiosa —le susurró reprendiéndola—, te ves ridícula con esa carita expectante.

Dinah sintió cómo sus labios comenzaban a temblar. Clavó los dientes en el labio inferior, hasta que sintió cómo la sangre le inundaba la boca. Él se arrodilló y levantó la corona, una cosita de nada en su enorme mano. La colocó de vuelta en la cabeza de su hija, con una sonrisa torcida. La multitud emitió una risa educada, ignorante de la rabia de su soberano. El rey se mantuvo erguido, su capa larguísima enmarcando su enorme figura de toro.

—Hija mía, consejeros, señores y damas de la corte, naipes y ciudadanos, es tiempo de que su rey les confiese una gran verdad.

Él miró hacia abajo, a Dinah.

—Siéntate —le ordenó firmemente a ella.

Dinah trató de sentarse como se suponía que hacían las damas, pero terminó rebotando sobre el suelo con un hondo suspiro. Miró hacia arriba, intimidada por el tono de su padre. Miró a su alrededor. No había un solo par de ojos que no estuviera atento a las palabras de su majestad.

—Hace trece años estuvimos enfrascados en una guerra devastadora con la tribu yurkei. Mundoo y sus guerreros estaban arrasando las aldeas exteriores del País de las Maravillas, asesinando y masacrando ciudadanos inocentes. Como rey, no podía permitir que el mal campara a sus anchas. Como podrán recordar, comandé a mis mejores corazones y espadas a través del Bosque Retorcido y hacia arriba de las colinas, donde aplastamos el levantamiento bárbaro y enviamos a Mundoo gritando de vuelta a sus montañas. Fue un gran día para el País de las Maravillas y para la seguridad de mi gente.

La multitud aplaudió y lanzó exclamaciones de júbilo hasta que el rey los miró solemnemente, y entonces enmudecieron de pronto. Él era capaz de dirigir una sala solamente con su talante, se percató Dinah, y eso era algo que ella debía recordar para cuando fuera reina.

—Ese día, perdimos muchos naipes valientes. Espero que lo que estoy a punto de confesar les conceda hoy alguna clase de honor.

Un sentimiento incómodo había estado enroscándose dentro del estómago de Dinah mientras seguía sentada en el suelo. Su corazón estaba encogido en sí mismo, emitiendo ruidosos latidos fuera de su pecho. El rey no parecía darse cuenta. Continuó.

—La guerra es sangrienta y brutal, y puede fácilmente desgarrar el corazón mismo de los hombres. La guerra puede hacer que el hombre se cuestione todo aquello en lo que cree, cada verdad que le es preciada. El País de las Maravillas nunca ha padecido la guerra, de modo que, permítanme confesarles, que la guerra puede hacer a un hombre... solitario.

La multitud asentía con simpatía, y en una de las esquinas una mujer comenzó a llorar. Dinah se imaginó sacudiéndola hasta que se callara. El rey los tenía cautivos. Sus radiantes ojos azules, profundos como el océano, relucían orgullosos.

—Como dictan nuestras leyes, uno puede solicitar el perdón por errores cometidos en tiempos de guerra. Había estado lejos de mi amada Davianna durante demasiado tiempo. Los dioses bendigan su corazón.

Toda la multitud, incluida Dinah, hicieron la señal del corazón sobre su pecho.

—Davianna era el amor de mi vida, y cuando partí a la guerra, nunca imaginé que me tomaría tanto tiempo regresar a ella. Y para mi eterna vergüenza... —la multitud esperó conteniendo el aliento—, dioses, perdónenme, falté a mis votos de matrimonio.

Hubo una inspiración general en la sala. Dinah tomó aire también.

—Era una noche oscura, después de la batalla, y yo había bebido una gran botella de vino ácido. Afuera de mi tienda conocí a una mujer de la aldea local, en las faldas de las montañas. Ella era buena y generosa, y me recordó de inmediato a mi Davianna. El juicio me fallaba, y todavía lloraba en mis adentros a mis hombres caídos en batalla. Compartimos esa única noche y por la mañana me desperté con remordimiento instantáneo. ¿Cómo había podido traicionar a mi Davianna? ¿Qué clase de rey era?

Hubo una pausa.

—Esa noche encontré un profundo acantilado y me preparé para lanzarme al vacío.

La multitud quedó boquiabierta y el Gran Salón se llenó de murmullos. Dos mujeres se desmayaron y hubieron de ser transportadas al exterior por naipes de corazones. El rey dirigió una discreta sonrisa a su consejero Cheshire, cuya hermosa capa púrpura ondeaba sobre sus delgados hombros. Cheshire guiñó un ojo al rey. Sólo Dinah estaba lo suficientemente cerca como para darse cuenta de esto.

—Conforme permanecía al borde del precipicio, viendo hacia las estrellas por última vez, juro que escuché una voz de mujer cantando entre la brisa. Esa tonada me hizo caer en un sueño profundo y sin pesadillas. A la mañana siguiente, cuando desperté, yo era un hombre distinto. Mi voluntad de vivir había regresado. No podía evitar sentir que había conocido a la mujer de la aldea por una razón que escapaba a mi entendimiento. De manera inmediata volví al pueblo en su busca, pero fue imposible encontrarla. Ella había desaparecido. La busqué por todas partes, y hubiera seguido buscando si Mundoo y su ejército no hubieran marchado sobre nuestro campamento esa misma tarde. Se desató el caos. Peleamos y ganamos, aunque muchos naipes más se perdieron. Trece largos años han pasado y no ha habido un solo día en que no haya pensado en esa mujer y me preguntara qué habrá sido de ella.

El rey descendió los escalones, pasando al lado de Dinah, sin dedicarle ni siquiera una mirada.

—Mis leales súbditos, les diré la verdad: hace dos semanas un mendigo ciego y medio loco vino al palacio. Había venido a vender algunas baratijas y se negaba a irse sin hablar antes conmigo. Era muy tarde, y yo estaba furioso por haber sido convocado a esas horas. Lo vi en este mismo salón, aunque estaba vacío y silencioso como una tumba. Imaginen, si quieren, a su rey en pijama real recibiendo a un mendigo que carga un pesado saco. Le ordené que abriera el saco inmediatamente o el Guardia de Corazones estaría muy feliz de decapitarlo. Aterrorizado por completo, abrió el saco... y de adentro surgió una pequeña niña.

Todos se pasmaron, incluida Dinah, a quien le parecía que su corazón explotaría dentro del pecho.

—Se estaba muriendo de hambre, la pobrecita criatura, pero se levantó y me miró a los ojos. Yo vi grandeza. Yo vi...

El rey hizo otra pausa para añadir dramatismo.

—A mi hija perdida, su nueva duquesa Victoria.

CAPÍTULO 2

El Gran Salón estalló de júbilo; el bullicio era ensordecedor, y casi nadie se percató de que Dinah se había quedado estupefacta y sin habla. Los súbditos del rey gritaban y celebraban en voz alta. Sus lágrimas de alegría y sus aplausos se disolvían en una gran ola de alborozo. El rey se quedó pasmado mientras que la muchedumbre se estremecía ante él. Luego de unos momentos, él se aclaró la garganta para pedir silencio.

—No puede existir la menor duda de que esta muchacha es mi hija. Tiene mi mismo cabello dorado, mis ojos azules y el gentil carácter de su madre, quien tristemente acaba de recibir muerte a manos de los yurkei. Desde que Victoria llegó al palacio no he hecho otra cosa que observarla y estudiarla para ver si ella realmente es mi hija. Ahora puedo decir, con completa certeza, que ella *es* la hija que había perdido. En este día lo declaro de manera abierta, para que nadie más pueda contravenirlo, ¡para que nadie se atreva a decir que el rey miente!

El rey de Corazones inclinó su mirada hacia Dinah, arrodillada ante él, con el cuerpo congelado y en *shock*.

—La duquesa Victoria ha sido cuestionada, inspeccionada e interrogada. En un principio, claro, no creía que mi paternidad fuese verdad. Así las circunstancias, no fue sino hasta que hablé con ella y vi mi propio reflejo en sus ojos que en mi corazón ya no hubo lugar a dudas: ella es mi segunda hija, quien se unirá a su media hermana, la princesa Dinah, como la duquesa del País de las Maravillas. Así pues, les presento a Victoria.

De atrás del trono, una muchacha pequeña y luminosa pasó al frente. Era joven, pero tan radiante como el sol. Rizos dorados del color de la miel caían en cascada hasta su cintura, y sus grandes ojos azules titilaban de felicidad y curiosidad. Su rostro perfectamente inmaculado era la viva imagen de la inocencia. Sobre la melena de rizos descansaba una corona de pajaritos azules hechos con zafiro, sin lugar a dudas hecha recientemente por manos de los joyeros de palacio. Su largo vestido blanco con azul arrastraba sobre el suelo como si se tratara de una doncella en el día de su boda.

—Ven, cariño —dijo el rey con gentileza, y se agachó para alzarla a la atura de su pecho y que toda la multitud pudiera verla. La gente suspiró al contemplar su belleza. Uno de los naipes cayó emocionado sobre sus rodillas. El rey la llevó a sentar antes que Dinah, quien se le quedó mirando con odio descarado. Una furia de celos se alzó dentro de ella, oscura y extraña. Sus manos temblaban mientras se sujetaba al pasamanos de las escaleras. El emotivo discurso de su padre continuó:

—Muchos de ustedes se preguntaban por qué los había convocado hoy. No hay batallas que pelear, no hay grandes asuntos que tratar. Es sólo porque quería que mi reino supiera que el País de las Maravillas tiene una *nueva* duquesa, ¡y que la ceremonia festiva para celebrar su llegada ya puede dar inicio!

El salón estalló con una ensordecedora aclamación y hasta el piso se estremeció con el zapateo de los asistentes. El sonido se levantó como una ola que se estrellara sobre Dinah y la ahogara. Ella trató de levantarse, pero su cuerpo se tambaleó hacia atrás de manera tan violenta que resbaló sobre dos de los escalones de mármol. Sus rodillas y su pecho golpearon la dura piedra con un sonoro *crack*. Su cara se ruborizó al darse cuenta de que el reino entero la miraba a ella, la torpe y oscura princesa, que ahora parecía tan robusta como un burro junto a la fina yegua con que podía ser equiparada Victoria. El rey se rió entre dientes, pero había malicia en su mirada cuando tomó con rudeza a Dinah del brazo para que volviera a pararse derecha.

—Por supuesto que ella se unirá a mis otros dos hijos: a la princes Dinah, la mayor, la futura reina de Corazones, y a Charles, su hermano pequeño, el orgullo de mi corazón.

"Miente", pensó Dinah, permitiendo que las lágrimas fluyeran para retenerlas en el filo de sus ojos. "Todo lo que dice son mentiras."

—Es mi súplica y mi decreto que este reino acoja a mi hija como la nueva duquesa del País de las Maravillas. Si llego a escuchar cualquier rumor de que alguien pronuncia la palabra *bastarda*, yo mismo cortaré la cabeza de ese hombre o mujer con mi espada.

Con aliento dificultoso, Dinah torció su propio brazo para soltarse de la mano de su padre. Podía sentir los ojos de la muchedumbre sobre ella. Miles de ojos hambrientos observando cada uno de sus movimientos. A su vez, sus ojos negros, como brazas ardientes, se clavaban en Victoria, la pequeña niña de cabello rubio dio un tímido paso hacia Dinah. Ésta la miró cautelosa, sin saber qué hacer. Sintió ganas de gritarle o de lanzarle algo, pero no se atrevió. El rey con toda seguridad la golpearía si hacía algo así. La pequeña le tomó la mano.

—Hermana —murmuró con un ligero tono de súplica. La gente retuvo el aliento. Dinah, furiosa y con el ceño fruncido, enfrentó los ojos azules de la niña y alzó la cabeza hacia el Rey de Corazones.

—Gracias, padre. Debo darle la bienvenida con toda gentileza a nuestra... familia.

Se atragantó con la última palabra. Tomó la mano tibia de la niña con su mano fría y le dio un duro apretón. El salón rompió en música y alborozo conforme todo mundo se inclinaba ante las dos niñas y su padre. El rey vio que el momento esperado por fin estaba ante sus ojos:

—Los invito a todos a unirse al gran banquete de celebración en el salón de los festines —anunció.

La multitud rápidamente comenzó a dispersarse, hambrienta y ansiosa de devorar las pilas de tartas y de carnes humeantes que los esperaban. Dinah dio un paso hacia atrás, aliviada por fin y temerosa de que su padre la viera llorar.

—Tú no —gruñó el rey, la alcanzó por la espalda y la asió con fuerza de uno de sus hombros. Dinah dejó escapar un gemido.

—¿Qué fue eso? —siseó él—. ¿Por qué no estás feliz de conocer a tu nueva hermana?

Dinah se dio la media vuelta para enfrentarlo. Las lágrimas que había retenido comenzaron a rodar por su rostro hasta la barbilla.

—¿Y qué hay de mi madre? Yo pensaba... pensaba... —murmuró.

El rostro del rey se encendió de furia y rezongó en voz baja. La arrastró fuera de la vista de la multitud, a la parte de atrás del trono, que era tan grande que los cubría a ambos. Tomó su barbilla entre las manos y se le acercó tanto que ella podía sentir cómo el olor a vino del aliento de su padre le bañaba el rostro:

—¡Jamás vuelvas a mencionar a tu madre!, ¿me oíste? Nunca enfrente de Victoria. El nombre de Davianna no será pronunciado de nuevo en estos salones.

Dinah dio un agudo gemido. La cara del rey estaba completamente enrojecida de ira:

—¡*Deja de llorar*! ¡*Basta*! Tienes que estar feliz hoy, ¡desgraciada malagradecida! Tienes una hermana. Debes estar feliz.

Ahora él la agitaba violentamente y ella empezaba a sentir que sus rodillas se doblaban. De pronto, una mano larga y delgada se posó sobre el hombro del rey:

—Su majestad, permítame que yo me haga cargo de ella. La princesa Dinah ha tenido un día demasiado lleno de emociones, estoy seguro de que esto es una gran conmoción para ella.

Cheshire, el consejero del rey, era parecido a una serpiente. Su cara era alargada y flexible como si no tuviera huesos. Su cabello era grueso y oscuro, sus ojos eran negros y sus labios pálidos, casi del mismo color de su piel, pero jamás se le veían ya que siempre estaban estirados en una permanente sonrisa, mostrando sus enormes dientes blancos. Aun cuando Cheshire estuviera sonriendo, aun cuando fuera amigable, siempre parecía un ser peligroso. Delgado y nervudo, se mantenía erguido al lado del rey irradiando malicia. Ese día iba vestido como siempre: chaleco de terciopelo color ciruela y un pantaloncillo corto sobre sus botas de montar. Una cinta blanca bordada con cada uno de los símbolos de los naipes colgaba desde su hombro izquierdo y hasta el suelo, denotando su autoridad sobre los naipes. No había nadie por encima de Cheshire, excepto el rey.

Dinah se quedó de pie frente a Cheshire, llena de confusión. Nunca había sido su aliado; por el contrario, ese hombre constantemente murmuraba oscuros secretos al oído de su padre. Los rumores de sus actividades extracurriculares circulaban rampantes por todo el castillo. Algunos decían que pasaba el tiempo en los laboratorios secretos de las Torres Negras, creando nuevas especies de aves y preparando venenos. Otros decían que podía cambiar de forma y que paseaba por el castillo toda la noche en forma de gato. Dinah siempre pensó que esas eran tonterías que decía la gente, pero ahora ya no estaba tan segura. Había un sentimiento extraño, algo que la arrastraba a prestar oídos a sus sedosas promesas. De cualquier manera, ella lo odiaba y lo había odiado siempre. Ella lo culpaba del odio de su padre.

La voz de Cheshire era muy gentil mientras liberaba los dedos del rey de los hombros de Dinah.

—Yo la llevaré de regreso a sus habitaciones. Tal vez la princesa Dinah no se siente hoy de ánimo para celebrar.

El rey se alejó sin siquiera regalarle una segunda mirada, y rodeó con su brazo protector a Victoria, quien se quedó mirando a Dinah con ojos vacíos y tristes.

—Sí, Cheshire, me parece bien. Llévatela. Aléjala de mi vista.

El Rey de Corazones emergió detrás del trono y empezó a presentar a Victoria a sus muchos caballeros y damas apiñados alrededor de las escaleras. Dinah sintió como si la hubieran vaciado por dentro en un solo gesto, y permitió que el taimado consejero de su padre la llevara aparte, detrás del trono, por una puerta secreta que solían usar para que el rey pudiera retirarse discretamente. Iban a medio camino del enorme pasillo de piedra cuando Cheshire se detuvo. Volviéndose hacia Dinah con una peligrosa sonrisa, descorrió un elaborado tapiz cerca de la cámara privada del rey. El polvo cayó inmisericorde sobre ellos, pero una vez que se hubo asentado, reveló una pequeña puerta hecha de la misma piedra que las paredes circundantes. Cheshire puso un dedo sobre sus labios mientras extendía la mano para abrir la puerta y revelar un pasadizo tallado dentro de las entrañas del castillo.

Dinah estaba demasiado aturdida como para impresionarse, aunque de ordinario hubiese quedado fascinada. El castillo del País de las Maravillas ocultaba muchos secretos, y ella amaba ir descubriéndolos uno por uno. Habitualmente sus días se llenaban con partidas de croquet que la ofuscaban, clases de etiqueta, historia y danza, pero alguna que otra vez era capaz de escabullirse de la mirada siempre vigilante de Harris y explorar el palacio con Wardley.

Frunciendo el ceño, ella levantó la ceja y se enjugó una lágrima.

—¿Hacia dónde conduce? —preguntó a Cheshire.

Él guardó silencio.

—¿Hacia dónde conduce? —volvió a preguntar, molesta.

Él simplemente asintió en dirección al túnel. Dinah se agachó por debajo de la puerta, su corazón latiendo con temor y curiosidad a partes iguales. Después de algunas vueltas por escaleras empolvadas, terminaron en un pasadizo iluminado por faroles rosas. Las idas y venidas parecían eternas. Cheshire hablaba en voz baja conforme avanzaban, el tono de su voz haciendo eco en las paredes del pasadizo.

—Estoy seguro de que hoy fue un día duro para usted, su alteza. No sólo está conociendo a una hermana mucho más joven y hermosa en su decimoquinto año de vida, sino que ha escuchado una historia sobre la infidelidad de vuestro padre para con vuestra madre, los dioses cuiden su alma. Una chica inteligente como usted no debería sorprenderse. Los deseos de vuestro padre por otras mujeres son bien conocidos —Dinah guardó silencio. Cheshire se detuvo un momento, alzando la barbilla—. Él no se merecía a Davianna.

—No hables de mi madre, tú no la conociste. Y ella no es mi hermana —interrumpió Dinah—, sino la hija bastarda de mi padre.

Los delgados dedos de Cheshire aprisionaron el codo de Dinah, haciéndola volverse y quedar frente a frente con las facciones serpentinas del consejero, sus narices a punto de tocarse. Los labios del consejero se retorcieron en una mueca de rabia, revelando sus hambrientos dientes blancos.

—Escúchame, Dinah —siseó—: *Ja-más* debes permitir que el rey te escuche decir palabras semejantes. Las cosas cambiarán mucho para ti, niña, y más te vale tener un carácter más fuerte que el que pareces tener ahora, una mocosa malcriada y berrinchuda.

Dinah se apartó del consejero.

—No sé de qué estás hablando —le dijo con voz temblorosa—. Y no me importa. Esa niña *noooo* es mi hermana, y tú no eres Harris. No sabes nada de mí. ¿Dónde está él? ¿Dónde está Harris?

—Harris no está aquí, y de todas formas no te sería de ninguna utilidad fuera de sus tutorías y de ayudarte a escoger vestidos apropiados por las mañanas. Él no conoce este pasadizo. Nadie lo conoce, a excepción de nosotros dos. Llegará el momento en que te será de utilidad, estoy seguro. Existen muchas cosas peculiares en el palacio del País de las Maravillas y las Torres Negras, más de las que podrías imaginarte —levantó una ceja hacia ella—. Harías bien en aprender sobre lo que desconoces, princesa. Hasta ahora has sido una niña malcriada que pasa sus días jugando en el establo o soñando con aventuras imposibles en compañía de Wardley. El País de las Maravillas es un lugar mucho más oscuro y retorcido de lo que puedes imaginar.

Algo dentro de Dinah se rompió. No podía tolerar ni una más de esas estúpidas advertencias crípticas acompañadas de sonrisas venenosas. A la princesa se le ocurrió que quizá las palabras del consejero formaban parte de un encargo del rey, su estrategia para que ella aceptara rápidamente a Victoria.

—¿Por qué estás hablando conmigo? —le gritó—. ¡Te odio! ¡No me toques!

Alejándose rápidamente de Cheshire, se precipitó en el túnel oscuro que tenía delante de ella, sin saber hacia dónde iba, pero tampoco le importaban las consecuencias. Estaba corriendo ahora, respirando pesadamente mientras sus pasos hacían eco a través de la oscuridad. Dio una vuelta y otra y otra, internándose cada vez más y más profundamente en las entrañas del túnel, hasta que todo lo que pudo oler fue tierra y frío. Cheshire fue engullido por la oscuridad, sus llamados a la princesa se fundieron en las tinieblas. Ella corría por las entrañas del palacio, tan lejos como sus zapatillas enjoyadas pudieran llevarla. Dio una vuelta a la derecha, luego a la izquierda, y luego resbaló a través de una amplia grieta en la pared. Las llamas danzarinas de los faroles se fueron apagando conforme la abertura se hacía más y más profunda.

Dinah no pensaba, sólo corría, corría tan rápido como se lo permitían sus fuerzas. Seguía recordando la mirada de su padre hacia Victoria y la devastada expresión de Harris cuando la dejó a las puertas del Gran Salón. El túnel se estrechaba y, a través de las lágrimas, Dinah podía ver cómo las paredes de piedra iban volviéndose más y más angostas. Cerca del colapso, Dinah se arrodilló en el suelo y dejó que las lágrimas manaran a sus anchas, un hondo sollozar que era definitivamente ruidoso en el reducido espacio. Llorando y golpeando la piedra Dinah dejó salir un hondo grito de rabia.

"¿Cómo se atreve? ¿Cómo se atreve a faltarle el respeto a mi madre de esa forma? ¿Cómo se atreve a presentarla delante de la corte sólo para avergonzarme? ¿Por qué me odia tanto?", pensó.

En su mente vio a Victoria. Victoria, su nueva hermana, la bastarda de su padre, la prueba de que no amaba a su madre como aseguraba en público. Victoria, con su rubio cabello largo y ojos de color azul aciano. Dinah arañó el suelo con rabia, haciendo profundos surcos en la tierra. Se prometió a sí misma que jamás sería amiga de Victoria: *jamás, nunca*. No le hablaría a menos de que se lo ordenaran, y no vería su perfecto rostro si podía evitarlo. Hablar con Victoria significaría traicionar a su madre. Su madre...

Enormes sollozos escaparon de los labios de Dinah, y estuvo agradecida, por una vez, de no tener sirvientes alrededor. Aquí eran sólo ella y la tierra. Poco a poco logró calmarse, la oscuridad como un pesado manto que le caía sobre los anchos hombros. Dinah enjugó sus ojos y miró a su alrededor. Todo estaba en silencio. Decidió aventurarse un poco más adelante. El túnel se volvía más frío conforme se hacía más profundo, el aire que la rodeaba era amargo. Gruesas raíces negras se retorcían como serpientes sobre su cabeza. Le recordaban los huesos de las brujas, y más de una vez estuvo a punto de jurar que los había visto intentar alcanzarla cuando volvía la vista hacia otro lado. Este sitio era de seres oscuros.

Dinah se detuvo un minuto para recobrar el aliento. Un solo farol iluminaba el pasaje delante de ella, la flama languideciendo en la oscuridad. Caminó hacia la entrada, y en pocos pasos llegó a un claro flanqueado por tres arcos. Cada uno llevaba a un túnel distinto, y estando de pie justo en el medio del círculo, Dinah no pudo recordar de cuál de ellos había salido. Todos parecían el mismo, cada uno iluminado con un único farol rosa. Sobre cada uno de los pasillos había símbolos tallados en la piedra: un corazón, un árbol y uno que ella no pudo reconocer: un triángulo con el fondo ondulado. ¿El mar? Ella lo observó de nuevo. "Debe ser una montaña", pensó. Las Montañas Yurkei.

Dinah pasó los dedos sobre los símbolos. Estaban tallados ligeramente en relieve sobre la piedra, prácticamente invisibles para el ojo distraído. Su corazón latió fuertemente, y pensar en la cara de su padre cuando descubrieran su cuerpo de princesa descompuesto al no haber podido encontrar la salida le produjo un extraño sentimiento de regocijo. Levantó una ceja y observó de nuevo los símbolos. Después de un momento, se agachó y decidió ir por el túnel del corazón.

Sí, ahora podía distinguir sus propias huellas en la tierra. Dejó escapar un suspiro de alivio. Así era como había llegado. Tenía sentido, después de todo: ella era la Princesa de Corazones. Dinah se aventuró por el pasillo que tenía el símbolo del árbol. Era aún más retorcido que el que la había conducido anteriormente, y el túnel seguía encogiéndose, hasta que Dinah tuvo que encogerse también para pasar por él, su cabeza rozando el techo de piedra. El túnel se angostó aún más, y ella tuvo que arrastrarse. El pasadizo bajaba en una curva que parecía no tener fin. Musgo y líquenes crecían en las paredes, y todos los sonidos de la vida del palacio sonaban amortiguados arriba de ella. Luego, cuando Dinah pensó que no podría seguir arrastrándose, el pasadizo se acabó y desembocó en una gruesa pared de piedra, fijada con pernos del grosor de sus brazos. Un callejón sin salida.

Dinah se detuvo y rodeó su cuerpo con los brazos, tratando de detener los escalofríos que la recorrían de arriba abajo. ¿Cuánto tiempo había estado en estos túneles? El tiempo había perdido su sentido de alguna forma. ¿Días? ¿Horas? El aire frío la rodeaba, bajando desde arriba del techo y levantando el polvo bajo sus pies. Levantó los brazos por encima de la cabeza y sintió el beso del aire frío sobre las yemas. Los ojos de Dinah recorrieron los pernos hacia arriba, hasta que se detuvieron en un círculo medio desdibujado lejos de su cabeza, con una manija casi invisible.

"Una puerta", pensó Dinah. "No son pernos, ¡es una escalera!". Alcanzó a escalar seis pernos antes de que sus pies se enredaran con el ruedo del vestido y cayera violentamente en el piso, raspándose las rodillas y las palmas de las manos.

Para su siguiente intento, se despojó del vestido. Gruñendo y sudando por el esfuerzo, vestida sólo con el fondo, Dinah logró subir hasta el último perno y empujar la puerta. El polvo cayó sobre ella conforme la puerta rechinaba, resistiéndose. Dinah inclinó la cabeza y, usando toda su fuerza, empujó con los hombros y la parte baja de la nuca, rogando para que sus pies no resbalaran de los pernos. Una vez que hizo esto, la puerta se abrió con facilidad, pero lodo y pasto cayeron sobre ella desde arriba, cubriendo su cabeza y rostro.

Con extenuante esfuerzo, Dinah se levantó a través del agujero. Estornudó un par de veces y miró a su alrededor maravillada conforme se posaba en el suelo, sintiendo sus costillas contraerse. Sobre su cabeza, las estrellas del País de las Maravillas titilaban y, si mirabas con cuidado, podías observarlas moviéndose. Las constelaciones en el País de las Maravillas nunca eran constantes, y a Dinah le encantaba observar los patrones cambiantes de una noche a otra: círculos, espirales, líneas... las estrellas nunca formaban la misma figura dos veces. Y aquí estaban ahora, sus estrellas, tan brillantes que iluminaban todo el País de las Maravillas. Por fin estaba fuera.

Nunca se había sentido tan contenta de sentir la fría brisa sobre su piel. Sólo ahora era capaz de admitir todo el miedo que había sentido en los túneles. Su rabia la había cegado. La fría noche acariciaba su cuerpo, cubierto sólo por el delgado fondo. El viento de la noche secó sus lágrimas y aclaró su mente.

Una vez que su respiración volvió a la normalidad, Dinah se levantó y observó a su alrededor. Estaba afuera de las puertas del palacio, quizá a poco menos de un kilómetro del círculo perfecto de ornamentos de hierro forjado al que llamaba *hogar*. Las enormes puertas de hierro estaban hechas de miles de afilados corazones, retorcidos en una danza de belleza y defensa que prevenía a los intrusos. Ella miraba al este ahora y, si se ponía de puntillas, podía observar el Bosque Retorcido, a muchos kilómetros del Palacio del País de las Maravillas.

Miró los dedos de sus pies y los movió entre las florecillas silvestres que los rodeaban. En algún lugar cercano, dentro de las murallas, el enorme árbol de Julla crujía con el viento; un quejido agudo se elevó por encima del viento, vivo e intenso a la vez. Parecía que se reía de ella. Dinah se encaró con el castillo y se prometió a sí misma no temer lo que habitaba en los campos detrás de ella. Comenzó a caminar de regreso al túnel.

La princesa nunca había estado afuera de las murallas del palacio, y ahora lo observaba fascinada. Se levantaba por encima de los campos de flores rojas como un faro de cegadora esperanza. Sus espirales doradas se retorcían y parecían perforar el cielo; las torretas y los jardines de rosas añadían una indiscutible belleza al conjunto, con blancos puentes que conectaban una torre con la siguiente. Dinah sabía que por debajo de las torretas, extendiéndose desde los aposentos reales, se hallaba el campo de croquet, un espacio interminable de verde césped perfecto también para *picnics* o carreras de avestruces. Paralelo al campo de croquet, del otro lado del palacio, se encontraba el patio a cuadros. Ahí era donde los naipes de espadas y corazones se formaban para su entrenamiento diario, y donde los traidores eran ejecutados y su sangre derramada a través del blanco bloque de mármol.

Desde donde ella estaba parada, casi no podía ver nada, excepto las puertas y las torretas de los aposentos reales. Enfocó su propio balcón y saludó, pensando por un momento que quizá Harris podría verla. Pero no podía. Nadie sabía dónde estaba, y ciertamente ella no podría contarles acerca del túnel secreto. Pensó que tal vez Cheshire no sabía acerca del túnel del árbol que llevaba al exterior. Era solamente suyo. No había huellas al interior de ese pasadizo, y el polvo no se asienta de un día para otro. Debía haber otro túnel ahí abajo, pensó, uno que condujera a los aposentos reales. Ahí era hacia donde Cheshire la estaba conduciendo.

Con una sonrisa, Dinah se tomó el tiempo de admirar el palacio una vez más. Su castillo era una belleza, una fortaleza formidable y fiera, hermosa y peligrosa al mismo tiempo. "Un día", pensó Dinah, "todo esto será mío. Seré la reina del País de las Maravillas. Seré la reina y Victoria sólo será la duquesa". El pensamiento era suficiente por sí mismo.

Sus rodillas fallaron conforme miraba el castillo, se dio cuenta de que estaba exhausta. Sus aposentos se le antojaban atractivos, y los quejidos que surgían del Bosque Retorcido le producían escalofríos a lo largo de la espina dorsal. Dinah dio algunos pasos en dirección al túnel, sólo que esta vez no podía encontrar la entrada. Sabía que estaba cerca de algunas plantas aromáticas y un arbusto espinoso, pero había desaparecido.

Dinah comenzó a impacientarse conforme recorría el área, arrancando plantas y lanzando puñados de tierra a los lados, hasta que comenzó a buscar con los dedos rasgando al césped, iluminada sólo por la luz de las estrellas. Finalmente, sus manos encontraron una saliente poco natural en el terreno; jaló con fuerza. Nada ocurrió. Utilizando toda la fuerza que le quedaba, Dinah volvió a jalar. La puerta no se movió. Un relámpago de miedo sacudió el cerebro de la princesa. Algo iba mal. Jaló una vez más y logró levantarla sólo un poco. Las uñas de sus manos crujieron y se rompieron cuando la puerta se cerró con fuerza. No se abriría. Alguien había puesto el cerrojo. Dinah miró la puerta. El viento amainó por un momento, y eso fue suficiente para que pudiera escuchar un suspiro seguido de respiraciones agitadas. La luz de una antorcha se escapaba por los huecos de la puerta, un delgado hilo de luz plateada. Alguien estaba ahí abajo. Alguien había cerrado la puerta. Ella contuvo la respiración. Alguien la había estado esperando. El Bosque Retorcido emitió otra serie de lamentos; su sonido se dispersó a lo largo de muchos kilómetros. Dinah se alejó de la puerta con cuidado y luego echó a correr tan rápido como pudo con dirección a las puertas del palacio.

Dos años han pasado desde esa noche oscura, y Rinton y Thatch, naipes de corazones al servicio del rey, contarían —mientras eran sobornados con vino— la historia de esa noche, la noche en la que Dinah, futura Reina de Corazones, había sido descubierta fuera de las murallas de palacio, cubierta sólo con un delgado camisón. Dinah no recordaba cómo había llegado hasta ahí ni tenía respuestas a las preguntas que le hacían sobre cómo podría haber escapado del palacio sin ser vista. Estaba paralizada, temblando de miedo. Era la noche en que el rey había presentado a la adorable Victoria, recordaban los naipes, y no podían evitar preguntarse si en realidad era una coincidencia que en esa misma ocasión Dinah, princesa del País de las Maravillas, hubiera probado ser un poco extraña, igual que su hermano, el sombrerero loco.

CAPÍTULO 3

l invierno en el País de las Maravillas era la estación favorita de Dinah, porque era momento de la partida anual de su padre hacia la Ladera del Oeste. Copos de nieve rosados bajaban en órbitas desde el sombrío cielo gris, conforme Dinah caminaba en silencio a través del patio cubierto de nieve. Sus botas de piel dejaban enormes huellas a su paso mientras el viento formaba diminutas espirales de nieve alrededor de sus tobillos. Dinah expiró aire frío y lo observó congelarse frente a ella y caer al suelo con un suave tintineo. "Una chica de diecisiete años no debería de pensar que estas cosas sin importancia son entretenidas", se dijo a sí misma, pero luego volvió a hacerlo llena de alegría.

Dos Naipes de Corazones hicieron reverencias cuando la princesa pasó frente a ellos, pero aún así pudo ver las sonrisas burlonas que aparecieron en sus rostros. A ella no le importaba; no hoy, en todo caso. Su negra capa de lana ondeaba al viento y ya comenzaba a oler el aroma de los caballos. Comenzó a tararear por lo bajo.

Los establos circulares del País de las Maravillas se encontraban entre las murallas de hierro y el palacio en el lado suroeste, y albergaban cualquier tipo de corcel imaginable. A pesar de que los establos se mantenían escrupulosamente limpios, los aromas del abono y el aserrín podían olerse conforme el visitante se acercaba. Fuera del establo central se hallaban más establos con pasillos que los comunicaban entre sí. Un caballo tras otro dormían, comían y eran entrenados en el laberíntico conjunto de cuadras, pistas de montar interiores y almacenes llenos con armas y equipo especializado. Estaba diseñado para evitar que las monturas escapasen, y el laberinto constituía un excelente elemento disuasor para todos aquellos que pretendieran robar a alguno de sus consentidos habitantes. Dinah inhaló el aire frío de nuevo conforme atravesaba las paredes del laberinto. Hombres, heno, caballos: sus olores favoritos porque le recordaban a… Wardley. En el centro de los establos hubo un cambio palpable en el aire conforme Dinah se acercó a las cuadras centrales. Estas cuadras eran distintas de todas las otras, tenían enormes puertas de madera de más de tres pies alzándose imponentes sobre la cabeza de Dinah.

Ella miró hacia arriba con un escalofrío mientras observaba a los tres pezuñacuernos que la miraban fijamente, sus ojos del tamaño de manzanas llenos de una sed homicida. Ella mantuvo los ojos bajos y pasó tan silenciosamente como pudo. Los pezuñacuernos la aterraban; de hecho aterraban a todos en el reino. Más parecidos a criaturas de los infiernos que a caballos terrestres, los pezuñacuernos sacaban la cabeza y los hombros por encima de las otras monturas de los establos. Su altura superaba la de dos caballos juntos, y los tendones de sus patas eran más anchos que una cabeza humana. Sus pezuñas mortales se hallaban cubiertas por cientos de espinas córneas, cada una de ellas irrompible: instrumentos de muerte dolorosa para todo aquel que se interpusiera en su camino. Eran el orgullo del rey, especialmente Morte. Morte, el que traía la muerte, era la montura favorita de su padre.

Era Morte quien observaba fijamente a Dinah ahora que ella pasaba a su lado, exhalando un vapor tan caliente por los hollares de su hocico que hubiera bastado para quemar la piel de algún desafortunado. Generosos músculos relucían bajo su brillante grupa azul, tan azul que era casi negra. Era más grande que los otros dos pezuñacuernos blancos y se rumoraba que era una bestia particularmente sedienta de sangre, más despiadada y cruel que la mayoría de los de su clase. La tribu yurkei los había domado por generaciones, y eran criados para ser soldados temerarios, los caballos de batalla ideales, prácticamente imposibles de detener y muy difíciles de encontrar. Muchos hombres habían muerto bajo sus pezuñas, ya fuera despedazados por las espinas irrompibles o aplastados bajo su formidable peso. Eran tan enormes que la mano extendida de Dinah podría haber sido engullida por uno sólo de los hollares negros de Morte.

Morte caminó hacia la entrada de su establo cuando ella pasaba, sus pesadas pezuñas hacían temblar el suelo de las cuadras. Los pezuñacuernos ponían nerviosa a Dinah, quien se esforzó por caminar más rápido hacia la parte exterior de las cuadras, donde los caballos débiles o enfermos eran mantenidos si todavía podían ser útiles como animales de carga. Ella chasqueó la lengua y esperó a que Mancha la encontrara en la entrada de su establo.

Cuando era niña, Dinah lo había llamado Mancha porque le recordaba, blanquinegro como era, a las manchas de lluvia sobre la ventana. Era un caballo gentil y amable. Raramente hacía otra cosa que no fuera trotar felizmente, comer con entusiasmo y dar húmedos besos a las manos de Dinah. Él emitió un sonoro relincho conforme ella se acercaba, y ella sacó una manzana de debajo de su capa. Mancha la tomó rápidamente de su mano, sus suaves labios equinos le rozaron la palma.

—¿Crees que vine a verte sólo a ti? , dulce corcel —susurró a Mancha, rascándole la oreja.

Ella le dio una palmada amigable y se adentró más al fondo del laberinto de cuadras. "Pobre Mancha", pensó, "él definitivamente no es la razón de que yo visite los establos cada día". Un pálido rubor coloreó sus mejillas. Wardley pasaba ahora casi todo su tiempo entrenando los caballos y a los naipes. Por tanto, Dinah pasaba cada día más tiempo con los caballos también.

Wardley Ghane estaba entrenando para ser la siguiente Sota de Corazones; un nombre pretencioso para designar al comandante de la guardia de corazones, pero para Dinah era mucho más que eso. Era su mejor amigo y el chico a quien amaba. Alto, con largos rizos castaños que acariciaban el borde de sus pronunciadas cejas, Wardley Ghane era tan guapo como hábil. Montaba en su silla de marfil como si hubiera nacido sobre el caballo y podía desenvainar la espada sin detenerse siquiera a respirar. Era un guerrero temerario, un portador orgulloso del escudo de armas del rey, un naipe astuto que podría sortear las intrigas políticas y los enredos que inevitablemente se presentarían al comandar la guardia de los Naipes de Corazones desde una edad tan temprana. Estaba siendo entrenado por Xavier Juflee, actual Sota de Corazones, quien era universalmente reconocido como el mejor espadachín de todo el País de las Maravillas.

Wardley era el favorito de todos los naipes jóvenes del rey y, quizá un día, esperaba Dinah, fuese mucho más. Ella anhelaba que Wardley fuera su esposo, lo que lo convertiría en el Rey de Corazones a su lado. La línea de sucesión decretaba que cuando un rey y una reina se sentaran en el trono, reinarían hasta la muerte o hasta que decidieran abdicar. Si un rey o reina moría durante su reinado, como había ocurrido con Davianna, entonces el primogénito de esa unión reinaría junto a su padre a partir de su decimoctavo cumpleaños y hasta que se casara. En ese momento, el rey o reina mayor abdicaría y los recién casados asumirían su papel como soberanos del País de las Maravillas. Admirando la cara de Wardley, Dinah soñaba con el día en que su padre dejaría su lugar a su, hasta ahora, esposo de fantasía: Wardley, deseaba ella. Para sorpresa de Dinah, parecía que desde que había cumplido dieciséis años él había comenzado a adentrarse cada vez más profundamente en su corazón. Un día, ella lo miró y quiso más de él; quiso todo de él. Sus cambios de humor generalmente lo desconcertaban, así que ella trataba de dominarse en su presencia. Sin embargo, por las noches, acostada en su cama, imaginaba los labios de Wardley sobre los suyos, el peso de su cuerpo sobre ella. Su nombre estaba siempre en la punta de su lengua, el deseo por él era irremediable. Ello lo amaba y, en cierto sentido, siempre lo había amado. Él la esperaba ahora, mordisqueando un puñado de moras a la sombra del palacio, montado en su brioso corcel blanco, cuando Dinah apareció de entre los establos.

Wardley ajustó su capa y armadura, pues ya estaba vestido para el entrenamiento con los naipes. Sobre la pechera de su blanco uniforme se hallaba un cuadrado rojo con un corazón negro encima, símbolo del blasón del rey. Corning, su caballo blanco, coceó ligeramente cuando vio la capa negra de Dinah ondeando al viento.

—¡Quieto ahí! —ordenó Wardley empuñando las rojas riendas antes de sonreírle a su amiga—. Te ve casi todos los días y sin embargo esa capa negra siempre lo inquieta.

Bajó del caballo y tomó ligera y suavemente la negra trenza de Dinah.

—Luces muy bien hoy.

Ella sintió cómo el calor recorría todo su cuerpo, calentándola desde la punta de los pies. Wardley siempre la hacía sentir de esa manera.

—¿Qué estás haciendo fuera del palacio en una mañana tan fría? —le preguntó su amigo.

Dinah se encogió de hombros.

—No está tan fría. A ti nunca te han gustado los inviernos. A mí, en cambio, me encantan. Mira, te traje tartas calientes.

Dinah extrajo los humeantes pastelillos de debajo de su capa. La mermelada de frambuesa ya había comenzado a derretirse sobre la pasta, y su aroma saturaba el ambiente.

Wardley se relamió los labios.

—Dinah, eres demasiado buena. Esto era justo lo que necesitaba. Eres increíble, ¿lo sabías?

Él tomó la tarta de su mano y la engulló de una sola y salvaje mordida. Azúcar *glass* empolvaba su labio superior. Dinah le sonrió tímidamente conforme dibujaba un corazón sobre la nieve con su bota. Ver a Wardley era algunas veces la única parte agradable de su día.

—Mi padre vino a verme esta mañana.

—¿Y fue horrible contigo, como siempre? —al decir esto, trocitos de tarta salieron volando de la boca de Wardley y aterrizaron en el pelaje de Corning. Dinah sonrió, divertida.

—¿Siempre tienes que comer como si te estuvieras muriendo de hambre? —ella sacó un pañuelo de dentro de su manga y se lo dio. Él se limpió la boca y sonrió.

—Lo siento. Si de verdad quieres saberlo, siempre me estoy muriendo de hambre.

—Conoces a mi padre, basta con que me dirija la palabra para ser horrible conmigo. Entró en mis aposentos, le gritó a Harris y abandonó la pieza en un arranque, no sin antes volcar mi bandeja de comida.

Wardley dejó de comer y entrecerró los párpados.

—¿Y después tú me diste las tartas a mí?

Dinah sonrió, sus dientes blancos sobre la nieve rosada.

—No, esas son frescas, de la cocina. Tiré la comida; más bien, Emilia lo hizo por mí.

Esa era la versión abreviada de la historia. En realidad, Dinah se había refugiado en una esquina de la habitación mientras su padre le gritaba a Harris todas las cosas que Dinah estaba haciendo mal y lo muy profundamente decepcionado que estaba de ella. Para el rey, Dinah no era bonita, sino estúpida; no era una dama, y perdía el tiempo soñando despierta y vagabundeando por el castillo; era malísima en el croquet, poco adecuada para gobernar... cuando el rey golpeó a Harris con su enorme mano, Dinah se dejó caer en el suelo. Cuando el rey volteó a verla, se cubrió el rostro con ambas manos y evitó mirarlo. Su padre se había ido con una mueca de disgusto. Sus ataques de ira eran cada vez más frecuentes. Cuando Dinah era niña, siempre había sido distante y frío, pero impecablemente educado. Ahora la odiaba abiertamente frente a los sirvientes. El Rey de Corazones todavía era cordial en público, pero su odio se sentía como una oscura corriente subterránea que decoloraba cada uno de los festejos y reuniones de la familia real. Dinah lo evitaba a cualquier precio, incluso Harris y Emilia habían aprendido a alejarse del Rey de Corazones y su mal temperamento.

De regreso en los establos, Dinah se sentó sobre una cubeta que volcó al tiempo que daba un suspiro.

—Lo odio. Es terrible.

Wardley desmontó de su caballo con un solo movimiento y pasó su brazo libre por encima de los hombros de Dinah, sosteniendo la espada de prácticas con el otro.

—Sé que tu padre no es un excelente padre todo el tiempo.

—O nunca —replicó Dinah, enojada—. No es como se supone que un padre tendría que ser. No es en absoluto como tu padre.

Wardley le dirigió una sonrisa comprensiva. A diferencia de Dinah, él adoraba a su bondadoso padre.

—Lo sé. Pero el rey debe amarte. Estoy seguro de que lo hace... a su propia manera... horrible. Gobernar el País de las Maravillas no es una tarea para los débiles de corazón, y la corona pesa bastante, tú lo sabes. Eres su hija, su única heredera viable, y algún día él te verá por lo que realmente... —Wardley pareció enredarse con sus propias palabras. Dio unas palmaditas en la mejilla de Dinah y ella dejó de respirar por un momento—. Por la valiente mujer en que te convertirás: la Reina de Corazones. Una reina buena y justa, y una hermana amorosa. Te veo crecer más fuerte cada día que pasa. Un día él lo verá también.

—Un día —gruñó ella— no es este día.

Wardley se lanzó al frente, enarbolando su espada.

—Entonces deberías decírselo. ¡Hoy mismo! ¡Yo lo ordeno!

Dinah se puso de pie y recogió el mango de una escoba apoyada en las paredes del establo mientras se deshacía de su negra capa. Adoptó una postura de pelea y blandió su arma hacia Wardley. Él la esquivó y saltó hacia un lado.

—¡Lo haré! Le diré: ¡Padre! ¡Te has vuelto lento y malvado en la vejez! No eres más el gran guerrero que una vez fuiste. ¡Herédame el reino ahora mismo, cruel bestia! ¡Luego derrotaré a los yurkei de una vez y para siempre!

Las espadas de los amigos se perseguían en un choque de hierro contra madera a lo largo del pasillo y dentro del patio. Era una danza complicada y ensayada, una que habían llevado a cabo miles de veces antes. Wardley giró y fácilmente desvió un mandoble de Dinah; justo después, la princesa lo golpeó ligeramente en la cadera con el canto del palo de escoba.

—¡Auch! ¡Eso me dolió! —dijo él, riendo.

Se distrajo momentáneamente y Dinah intentó una estocada en la cabeza. Wardley se agachó y fácilmente cercenó la punta del palo de escoba con su espada.

—Siempre vas por la cabeza, siempre con estos golpes mal planeados —la regañó—. Te deja indefensa. Espera por la oportunidad *co-rrec-ta*, y luego ensaya el golpe. No lo intentes en cuanto creas que tienes un espacio libre. Eres demasiado impulsiva. Xavier ha estado trabajando conmigo para identificar mis debilidades y esa es la tuya, amiga mía. Sería lo último que harías en batalla.

Dinah sonrió y se apartó un mechón de cabello de los ojos.

—Nunca estaré en batalla. El croquet es lo más cercano que llegaré, me imagino.

—Una reina debería saber cómo defenderse —le respondió Wardley mientras levantaba los pedazos de escoba del suelo—. Incluso si todo lo que hace es escuchar quejas y ponerse gorda por comer tartas calientes detrás del trono. El Rey de Corazones es un guerrero consumado. Quizá no sea un gran padre, pero yo lo conozco como comandante: toda la impresionante reputación de la que goza a lo largo y ancho del País de las Maravillas es verdadera. No deberías ser tan dura con él. Deberías desear ser como él en ese aspecto.

—¿Yo soy demasiado dura con él? —Dinah lanzó lejos su maltrecho palo de escoba—. ¿*Yoooo* soy dura con él? Sólo me mira con disgusto y rabia. Trata horriblemente a Harris y sólo los dioses saben cuántas mujeres tiene en los aposentos de las amantes cada noche...

Wardley clavó su espada en el suelo y tomó el brazo de su amiga. Ella temblaba bajo sus manos callosas.

—Dinah, *guarda silencio* —la sacudió gentilmente—. Podrías ser confinada a las Torres Negras por andar diciendo esas cosas. Sé que no has tenido la mejor de las infancias sin tu madre, pero este odio tan violento hacia tu padre podría hacer que tú, o incluso yo, fuéramos condenados a muerte.

Tan sólo pensarlo puso freno a los argumentos que Dinah venía preparando en su mente. Ella nunca haría nada que pudiera herir a Wardley. *Ja-más*. Wardley había sido su compañero leal desde que ambos eran apenas capaces de tambalearse gateando por los pasillos de palacio. Cuando eran más pequeños, Harris y Emilia dejaban a Dinah frecuentemente a cargo de la madre de Wardley, una dama de la corte, y los dos niños corrían a atrapar pajarillos y erizos que deambulaban por los jardines del castillo. Wardley le había enseñado cómo empuñar una espada, cómo montar a Mancha, cómo orinar en los jardines y cómo comerse una tarta sin ensuciarse las manos. A ojos de los niños, el palacio del País de las Maravillas estaba verdaderamente repleto de ellas, y explorar sus secretos juntos había traído a Dinah mayor felicidad que ninguna otra parte de su infancia. Wardley era de ella y sólo de ella, algo que su padre nunca podría arrebatarle. Eso era más que importante para ella. El Rey de Corazones sentía debilidad por Wardley y no perdía oportunidad de alabar sus múltiples habilidades. Toleraba su amistad con la princesa y casi la promovía, pues no se enfurecía con Dinah cuando Wardley andaba cerca. Un día, Wardley sería la Sota de Corazones, el comandante de los Naipes de Corazones. Y quizá, si todo salía según lo planeado, él se casaría con ella y sería su rey. Él la amaría.

Dinah resguardó ese último deseo en su corazón conforme lo miraba de manera ceñuda. No le gustaba que Wardley le diera lecciones sobre su padre.

—Me voy —declaró—. No necesito que un chico con la cara llena de azúcar me diga lo que debo hacer.

Wardley sonrió juguetonamente.

—Dinah, por favor...

—¡No!

Ella se puso la capa sobre su pálido vestido gris bordado con corazones rojos y metió su larga trenza negra bajo la capucha.

—Esa será la última tarta que hayas obtenido de mí. ¿Quién eres tú para sermonear a la princesa del País de las Maravillas? Nadie, simplemente un mozo de establo.

Wardley apartó el cabello de su frente y le dirigió una sonrisa.

—De acuerdo, pero seguiré teniendo hambre mañana.

—Adiós.

—¡Dinah, espera!

Su corazón dio un vuelco en su pecho cuando ella se giró para mirarlo. Él se recargó en el costado de Corning, su rostro muy cerca de ella, y susurró:

—No puedes decir nada parecido a eso sobre tu padre de nuevo, a menos que estemos fuera del palacio o en nuestro escondite de la Capilla del Corazón, ¿de acuerdo? Lo digo en serio.

Dinah vislumbró un raro atisbo de miedo en sus ojos color café chocolate. Dejó escapar un suspiro.

—No lo haré, no haré nada que pueda meterte en problemas, lo prometo.

—Bien —Wardley le dio un apretón en el hombro—, me gusta conservar mi cabeza —jaló las riendas de Corning y lo montó en un solo movimiento—. ¿Vendrás a verme mañana después del entrenamiento?

—Tal vez. Si tengo tiempo. Probablemente no podré. Mañana es el real juego de croquet.

—¡Claro, tu día favorito del año!

Dinah hizo una mueca. Odiaba el real juego de croquet.

—Tal vez encuentre el modo de golpear a Victoria con mi bastón.

—No seas mala con ella. Creo que tu padre la asusta. Parece aterrorizada todo el tiempo.

—Debería de asustarla. Es una niña bastarda que no merece ni un minuto de su tiempo. Espero que se muera de fiebre, jadeante.

Wardley miró a la distancia, enfocado en algo que Dinah no alcanzaba a ver.

—No quisiste decir eso. Así que, ¿me visitarás mañana, después del croquet? ¿O te veré en el juego?

El corazón de Dinah cantaba. "Por supuesto", repetía, "¡te veré todos los días!", pero ella encogió los hombros.

—Bien. Antes de que se me olvide, tengo algo para Charles. ¿Podrías darle esto al Sombrerero Loco?

Le pasó a Dinah un diminuto caballito de mar tallado en madera. Él mismo lo había hecho; en verdad, no había nada que Wardley no pudiera dominar.

Ella le dio vueltas en la mano, admirando su arte.

—Le va a encantar.

Wardley dio dos vueltas con Corning antes de partir hacia el aire invernal.

—¡Te veré mañana! —declaró.

Ella sonrió y le dijo adiós con la mano hasta que él se unió a las filas de los Naipes de Corazones, marchando en formación silenciosa con dirección al patio, sus pasos hacían eco en notas duras a lo largo de las baldosas. Xavier Juffle lo palmeó en la espalda cuando él lo alcanzó para galopar juntos al frente de la línea.

Dinah salió de puntillas de los establos, de regreso al laberinto circular. Conforme se adentraba en las vueltas de los pasillos, permitió que una sonrisa le iluminara la cara. Un año antes, bajo el brillante sol del País de las Maravillas, Wardley le había dado a Dinah su primer beso, un toque rápido de sus labios sobre el labio superior de ella. Estaban bajo el árbol de Julla, un enorme esqueleto rojo con sedosas hojas y zumbeantes frutos negros que abrían y cerraban cada hora. Cuando niños, habían trepado por el árbol de Julla innumerables veces, para jugar tribus contra naipes, o espiar a las damas cuando se bañaban en el río. Ahora escapaban a su refugio vegetal para tener un minuto de quietud con el otro; Wardley para descansar de sus interminables entrenamientos, Dinah de sus lecciones y, en ocasiones, de su padre.

Era verano entonces; Dinah tenía dieciséis años. Las trompetas del almuerzo la habían llamado desde los aposentos reales y Dinah de mala gana había soltado la fruta que había estado mordisqueando y se había bajado del árbol. Su tobillo se torció en la base del tronco y ella cayó, rasguñándose la pierna con las raíces espinosas del árbol, gruesas cornamentas que se retorcían desde el suelo para proteger los frutos. Wardley la siguió y gentilmente limpió la sangre de su herida con la mano.

—¿Estás bien? —había preguntado, sosteniendo su pierna.

La princesa le había dirigido una sonrisa valerosa, a pesar de que se sentía a punto de llorar. Ella no quería que Wardley la viera sollozar, aunque ya había ocurrido en otras ocasiones: cuando Victoria tuvo un baile en su honor, cuando Harris empezó a darle clases a Victoria por las tardes en lugar de a Dinah, o cuando su padre se había olvidado de enviarle té en el día de la ceremonia... del té.

Wardley limpió su mano en el tronco cubierto de pelusa del árbol, miró a Dinah directamente a los negros ojos y la besó. Sus labios eran fríos y suaves, su boca sabía a limones. Dinah se recargó en él, pero él la empujó de regreso, descansando sus manos sobre sus mejillas ardientes, notaba los ojos de Dinah llenos de curiosidad mientras tomaba su rostro. Estaba tratando de entender algo que se advertía en su mirada. Dinah se quedó sin aliento, en shock, mientras el calor se extendía por sus venas. Wardley se encogió de hombros.

—Sólo quería saber cómo se sentía.

Él volvió a subir al árbol y Dinah caminó, mareada y risueña, en dirección al castillo.

Un año había pasado desde entonces, pero Dinah todavía podía sentir el toque de sus labios cuando salía de los establos. Capas de nieve rosada se espolvoreaban sobre las espirales de los tejados del palacio. Todo el reino parecía sostener la respiración con una reluciente quietud. Un grupo nutrido de Naipes de Espadas se encontraba fuera de las puertas de cristal rojo que conducían al interior del palacio. Dinah se echó la capa sobre la cabeza, tratando de esconder su rostro, pero sus labios temblaron cuando se acercó a ellos. Ellos reían disimuladamente. La princesa *o-dia-ba* a las Espadas.

—Su Al... teza —los naipes hicieron una pequeña reverencia.

Conforme ella pasaba, escuchó que uno de ellos murmuraba:

—La hija del rey, una desgracia para el trono. No se parece en nada a su madre.

—Encarte —susurró otro.

El corazón de Dinah latía con fuerza ahora. Una rabia incontrolable comenzó en las yemas de sus dedos y recorrió todo el camino hasta su pecho. Ella tembló y el pequeño caballito de mar que Wardley le había dado se le cayó al suelo, rodó hasta la suela de la bota de hierro de un Naipe de Espadas.

—¿Qué es esto? —él se agachó y lo recogió, la figura minúscula en su enorme palma—. ¿Un juguete? ¿No está un poco grande para juguetes, princesa?

—Es un caballito de mar, y es *mío*. Vamos, devuélvemelo —los ojos de Dinah se encontraron con los de la Espada, esperando que su labio tembloroso no la traicionara—, por favor.

La Espada dirigió a Dinah una mirada implacable.

—Venga y recójalo, su majestad.

Sus ojos eran de color miel moteado, notó ella con sorpresa. Era un color sumamente llamativo sobre su uniforme totalmente negro, su largo cabello gris y el símbolo negro de las Espadas tatuado bajo su ojo derecho. Las otras Espadas permanecieron en silencio, medio inclinadas, conforme Dinah daba un tímido paso hacia él. Empezó a extender su mano izquierda para tomar el caballito, cuando lo pensó mejor. "Soy la princesa del País de las Maravillas", reflexionó, "recuerda lo que dice Harris. Un día, yo seré la reina".

—No.

Las Espadas levantaron la cabeza, curiosas.

—Soy la princesa del País de las Maravillas, y tú lo pondrás en mi mano.

El naipe de ojos dorados dio un resoplido.

—De hecho lo es, aunque es la otra princesa quien lo parece. Si dependiera de mí, la hermosa dama Victoria sería la que obtendría la corona.

La rabia recorrió toda su espina dorsal. Con un rápido movimiento, Dinah golpeó la cara del naipe. Uno de sus anillos de perla dejó un delgado hilo de sangre a lo largo de la mejilla izquierda. Él intentó devolverle el golpe, pero detuvo el puño a centímetros de su rostro. Dinah se deleitó, impasible, en su sorpresa.

—La dama Victoria no es princesa, sólo es duquesa. Ahora, pondrás el juguete en mi mano.

El naipe sonrió, entretenido.

—No hay problema, princesa —dijo mientras le alargaba la mano.

—No. Mi otra mano.

Él observó con una mueca su otro brazo, firmemente escondido bajo la capa. Ella no hizo ningún movimiento para sacarlo. Las otras espadas observaron en shock cómo su compañero trataba de devolverle el caballito de mar a la princesa sin tocarla, una acción que seguramente sería castigada con la muerte. Finalmente, el avergonzado naipe puso el juguete de regreso en su palma y Dinah cerró el puño alrededor de él. El naipe regresó al barril donde había estado sentado y se reclinó en él, observando a Dinah. Un interés genuino reemplazaba ahora lo que había sido burla disimulada hasta hacía unos momentos.

—Así que tiene algo de la fiera sangre de su padre en usted, ¿no es cierto?

Dinah lo miró, ceñuda.

—Vuelve a dirigirme la palabra y te enviaré a las Torres Negras en un ataúd. ¿Cómo te llamas?

El hombre empalideció.

—Sólo bromeaba, su alteza. Por favor no me reporte ante el rey.

—Pregunté *có-mo-te-lla-mas*.

Las sucias manos del naipe temblaron.

—Gorran. Sir Gorran.

—Bien, Sir Gorran, no lo reportaré ante el rey en esta ocasión. Pero si alguna vez vuelve a insultarme, simplemente me haré con su cabeza. No habrá necesidad de involucrar al rey.

Con una mirada inclemente, Dinah siguió de largo, con su negra capa ondeando detrás. Tan pronto como las puertas de cristal rojo del palacio se cerraron tras ella, Dinah se adentró en un corredor vacío que salía del Gran Salón. Sus labios temblaron en un suave gemido, pero ella se endureció frente a la vergüenza.

Victoriosa, aferró el caballito de mar con una de sus manos sudorosas y limpió las lágrimas de su rostro con la otra mientras se dirigía a los aposentos del Sombrerero Loco.

CAPÍTULO 4

as habitaciones de Charles se localizaban en la torre oeste de los aposentos reales, prácticamente sobre las cocinas del castillo. Para construirlas, su padre había utilizado materiales que nunca le había dado a Charles en vida. El rey no mostró ningún otro tipo de amor, afecto o incluso deber para con su hijo. El cuarto de Charles, en consecuencia, era uno de los lugares más extraños en todo el palacio. Gigantescas columnas blancas entrelazadas con rojos corazones se retorcían hasta el techo, donde se encontraban con un fresco expansivo que detallaba todas las criaturas del País de las Maravillas: pezuñacuernos, grifos, pájaros de todo tipo, ballenas enormes, osos blanquirayados y dragones de cuatro alas danzaban alrededor del techo, ricamente pintados.

Hubiera sido impresionante, una verdadera obra de arte, si no hubiese sombreros pobremente dibujados, garabateados con carboncillo, en la cabeza de las criaturas. Los animales llevaban horribles sombreros de plumas, bombines y enormes fedoras en líneas desordenadas y onduladas, que iban de un punto a otro sin detenerse. Los sombreros estaban profusamente detallados, y las líneas entre ellos eran un amasijo de rabiosos rasguños: el arte de la locura.

"Qué triste que la locura y el genio se hallen para siempre mezclados en esta habitación", pensó Dinah mientras miraba hacia arriba, lo que provocó que la capucha de la capa se deslizara de su cabeza.

El cuarto en sí mismo era un testimonio de la obsesión de Charles. Pilas y pilas de sombreros se alzaban desde el suelo, retorciéndose y amontonándose entre escaleras a medio construir, que no llevaban a ningún sitio. Distintas puertas habían sido incorporadas a las pilas de sombreros, abriéndose y cerrándose según los caprichos del aire frío que entraba desde una ventana abierta en lo alto de la escalera principal. Esta escalera era la favorita de Charles, cubierta con miles de carretes de hilo y retazos de tela. Montones de nieve a medio derretir se acumulaban en el alféizar en pequeñas porciones. Dinah dio un suspiro y subió a una de las desmañadas escaleras, cerró la ventana firmemente y le puso el seguro. Escuchó un tintineo de pequeños pies debajo de ella.

—Charles, no puedes dejar la ventana abierta cuando está nevando. Está helado aquí adentro y la nieve manchará todos tus sombreros nuevos. Ya hemos hablado de esto —dijo ella mientras sacudía una fedora gris con plumas naranjas de canario bordadas con la forma del sol y las estrellas—. Tienes que ser cuidadoso con ellos.

A sus pies, una cabeza llena de cabello rubio y sucio se alzó en un espacio entre los anchos peldaños:

—Rosada nieve sobre rosados sombreros hacen que la morsa dance, y danza sobre el mar, ¡jijiji!

Charles pegó un brinco desde abajo de la escalera. Dinah perdió el aire cuando él cayó al piso, sobresaltada por su duro aterrizaje y el baile que le siguió momentos después.

—¡Nieve en el sombrero, nieve en el sombrero, negra como el gato de Cheshire!

A continuación emitió una aguda carcajada y Dinah rió con él. Charles era sólo dos años más joven que ella, pero su locura lo volvía un ser atemporal. Era un genio, un salvaje, un niño indefenso y un mocoso travieso, todo mezclado dentro de su pequeño ser.

Había nacido loco, un pequeño chillón que jamás dormía, un bebé silencioso que se golpeaba la cabeza contra las paredes, un niño curioso que alguna vez comió vidrios y con nada gozaba tanto como mirar las estrellas. Davianna, la madre de Dinah, había amado a su pequeño demente con fiereza, había sido la mejor para lidiar con él. Cuando lo abrazaba con fuerza, apretujándolo contra su pecho como si quisiera exprimirle la locura, él se relajaba y tranquilizaba, incluso si seguía balbuceando incoherencias. Con el amor y atenciones de su madre, el pequeño Charles había ido mejorando poco a poco. Cuando ella murió, él se entregó por completo a la manía, y jamás sintió la tentación de regresar a la realidad.

Lo hallaban regularmente vagabundeando alrededor del castillo, con un pájaro muerto en una mano y una tarta en la otra. Era muy común que hubiera mordido los dos con las mismas ganas. Una vez se dejó caer por el balcón del Gran Salón, rompiéndose ambas piernas en los escalones de mármol que estaban debajo. Después de eso, su caminar se redujo a pasos cortos y un trote errático, el deambular grotesco de los locos sin remedio.

Después dejó de comer por un tiempo. Ni siquiera Dinah, su amada hermana, conseguía que se llevara algo a la boca. Siendo una niña ella también, pues tenía sólo diez años, le rogaba que comiera mientras trataba de meter un trozo de tarta, una cucharada de caldo, cualquier cosa dentro de su boca. Él se puso más y más débil, retirándose por completo dentro de su siniestro mundo, y todo el reino se vistió de negro, preparándose para la muerte del pequeño príncipe de corazones.

Hasta que, en la que habría sido con seguridad una de sus últimas noches, Dinah le llevó un baúl lleno con ropa de su difunta madre. La princesa envolvió a su hermano con los vestidos, camisones y calcetines de la reina, con la esperanza de que lo reconfortaran en su viaje al más allá. Entonces los dedos de Charles encontraron uno de los sombreros enjoyados de su madre, el que ella había lucido en la ceremonia del té del año anterior, un tocado color ciruela con enormes plumas, brillando en su pequeña mano. Una sonrisa absurda apareció en la cara del pequeño príncipe conforme le daba vueltas y más vueltas al sombrero con un gesto fascinado. Luego volteó a ver a Dinah y le pidió una galleta con toda naturalidad.

—Mi Dinah —le había susurrado con una sonrisa, su pequeña mano en la barbilla de su hermana—, ¿una galleta?

Ella lo había visto en sus ojos ese día. Él había decidido quedarse, simplemente. Habían pasado siete años desde entonces. Desde entonces, Charles jamás había abandonado sus habitaciones. Observaba el mundo a través de sus ventanas y, desde ahí, ocasionalmente lanzaba algunos de sus lujosos sombreros a personajes de la corte que los adoraban. Un sombrero creado por Charles, el sombrerero loco, valía más que ninguna otra pieza de ropa del País de las Maravillas. Sus creaciones eran inspiradas obras de habilidad y locura. Descaradamente llamativos, bordados con todos los colores que podían encontrarse en la naturaleza y algunos otros que no, constituían el legado de la locura de Charles.

Rara vez dormía o se bañaba. Sus dos leales sirvientes, Lucy y Quintrell, veían que se cumplieran todas sus necesidades. Mantenían sus habitaciones razonablemente limpias, pero le permitían a su mente la libertad de crear en el estado lunático y salvaje que le era tan preciado. Tapices y enormes rollos de tela cubrían el suelo y gran parte de las paredes. Angostos pasillos habían sido creados para los sirvientes, pero Charles simplemente bailaba sobre el mullido arcoíris, sus pies acariciando las telas estampadas en amatista, calabaza, taupe y zafiro.

Charles miró a Dinah, todavía subida en lo alto de la escalera. Él rió y canturreó:

—Un listón rodeando su cuello... uno, dos corazones. ¡Listo, Calixto!

Ella miró hacia abajo, a la inclinada cabeza y los ojos disparejos, azul y verde, que la miraban salvajemente.

—¿Recuerdas mi nombre hoy?

—Dinah, que rima con lima, plantas y plantas creciendo hacia arriba, sobre las colinas y hacia el pálido blanco, como azúcar en la tarta, tarta de muerte, de muerte...

Dinah le dirigió una sonrisa orgullosa.

—Es verdad, Charles. Dinah. Tu hermana. Te traje algo.

El ojo derecho de su hermano parpadeó dos veces.

—¿Algo? ¿Algo como el sol, que se acerca cada día? Nos quemará a todos, uh-oh, lo hará.

—No exactamente como el sol, pero algo en verdad especial.

Dinah buscó en las profundidades de su capa y sacó el diminuto caballito de mar tallado en madera. Los ojos de Charles se abrieron de sorpresa, y lo tomó con sus manos delgadas. Wardley había tallado volutas en la espalda del hipocampo y le había oscurecido el hocico con carbón.

—Es de Wardley. ¿Lo recuerdas? ¿Qué se dice ahora?

Charles le sonrió a Dinah con una sonrisa que mostraba sus disparejos dientes.

—Caballo azul nadando en un amplio campo. Deliciosos camarones dentro de sus costillas, ¿puedo probarlos? ¡Claro que puedo!

—Me alegra que te guste.

Charles puso el hipocampo contra la luz y lo hizo nadar a través del aire.

—Pájaros del mar, escamas brillantes, ojos negros...

Se alejó de ella y comenzó a revolver entre las telas, murmurando para sí mismo. Dinah había visto este proceso cientos de veces antes. La inspiración para un sombrero se había apoderado de su hermano, enraizándose de forma creativa y agresiva, emitiendo alegría y veneno a través de cada uno de los secretos senderos de su mente. Dinah bajó de la escalera para hablar con los sirvientes que la esperaban pacientemente junto a la puerta.

—¿Cómo le ha ido esta semana? —les preguntó.

Lucy hizo una profunda reverencia. Era la mujer más bondadosa que Dinah hubiera conocido nunca, una abuela con sonrosadas mejillas y pelo blanco que brillaba casi azul bajo la dura luz invernal. Arrugas rodeaban sus ojos y se distribuían a lo largo de su cuello hasta el modesto vestido blanco. En su cabeza descansaba una enorme ballena de fieltro, bordada con diminutos capullos rosados. Charles la amaba profundamente, aunque a su manera. Lucy era su más fiel sirviente.

Quintrell era su asistente, un muchacho fortachón que se encargaba de las labores físicas involucradas en el cuidado de Charles. Metía a Charles en la bañera de cisne una vez a la semana y lo tallaba con las pieles de puercoespín mientras el príncipe gritaba y forcejeaba. También era el único que lograba forzar a Charles a comer cuando éste se hallaba en uno de sus arrebatos de inspiración. Charles pasaba periódicamente por largos periodos durante los cuales no hacía nada más que coser y remendar; ráfagas de brillante manía salvaje que podían seguir durante días enteros.

Dinah no tenía idea de cómo lograban Lucy y Quintrell transigir con Charles todos los días, pero parecían conformes. Además de Dinah, eran los únicos que verdaderamente lo amaban.

Aunque fuera su hermano, Dinah sentía que flotaba en una especie de extraña niebla emocional cuando se trataba de su relación con Charles; lo amaba profundamente, pero con su amor siempre venía mezclada un poco de confusión. No podía lidiar con él de la forma en que lo hacían Lucy y Quintrell. Charles la reconocía la mayoría de las semanas; pero cuando no, Dinah se sentía traicionada, aún más sola de lo habitual. Dinah observaba maravillada cómo Lucy arrugaba los párpados más de lo que ya estaban conforme seleccionaba botones. Ella se aclaró la garganta, preparándose para responder a la pregunta de la princesa.

—Un placer, su alteza. Bueno, ha creado dos sombreros nuevos en los últimos veinte días, lo cual es rápido para su ritmo habitual. El beret fucsia con huevos de golondrina, y el sombrero de grifo, que será entregado a *lord* y *lady* Clutessa la próxima semana. Ambas obras fueron inspiradas por los pájaros que han anidado justo afuera de la ventana.

Dinah asintió. Trabajar para Charles había convertido a Lucy y Quintrell en expertos sombrereros; eran tan hábiles y estaban tan capacitados como cualquier modista de la ciudad.

—Suena maravilloso. Pero yo estaba preguntando por Charles. ¿Ha estado bien? —Quintrell se movió con nerviosismo. Dinah sonrió—. Bueno, suelten la sopa.

—Su majestad, hace tres noches desperté con unas carcajadas que salían del atrio —Quintrell miró nerviosamente a Lucy. Ella puso el brazo sobre su hombro y lo animó a continuar—. Cuando

llegué al cuarto, Charles estaba arriba de una de las escaleras. Él...
—la voz de Quintrell permaneció atrapada en su garganta.

Lucy habló.

—... Charles había clavado una de las agujas de tejer dentro de su brazo. Estaba exprimiendo sangre y dejándola caer sobre la seda violeta.

Un doloroso jadeo escapó de los labios de Dinah.

—¿Por qué? ¿Por qué él haría *eso*?

Lucy no la miró.

—Él dijo que a la tela le faltaba la sombra correcta de rojo. La estaba arreglando. Tratamos de quitarle la aguja, pero él estaba al borde de la escalera, así que...

—Así que lo dejaron hacerlo, antes que arriesgarse a que se cayera.

Ambos asintieron. Dinah se sintió tentada de enfurecerse con ellos como había hecho con el naipe de espadas, pero no iba a servir de nada. Ella conocía a Charles y sabía que no podía ser controlado, educado ni sometido. Su mente funcionaba de manera distinta; breves momentos de brillantez seguidos de largo rato sumergido en las sombras macabras de su imaginación.

—¿Le quitaron todas las agujas de tejer?

—Sí, su alteza. Sólo le permitimos usar agujas pequeñas por ahora, lo que de hecho ha propiciado que desarrolle un trabajo detallado y elaborado.

Dinah miró a Charles, quien se entretenía rasgando largas tiras de tafetán verde manzana con sus uñas. Ella fue hacia él y le dio un beso en la cabeza. Su pelo sucio, si bien despeinado y salvaje, siempre olía un poco como el de su madre.

—Debo irme ahora, pero regresaré en pocos días —le dijo.

Charles comenzó a dar vueltas, girando su cabeza y comenzó a cantar:

—Días y noches, el rey canta. Colmillos, almizcle y fuego bamboleante. Él canta con una lengua negra, fuego en sus pulmones, en sus pulmones.

—¿A dónde se fue el hipocampo? —preguntó Dinah.

Charles abrió la boca y sacó la lengua, desenrollándola con cuidado.

—¡Abajo, abajo, por el agujero del conejo! —canturreó.

—No se preocupe, su majestad, lo encontraremos —le prometió Lucy, antes de volver a separar botones.

Charles todavía cantaba cuando Dinah salió del atrio, su corazón latiendo con cada paso mientras la canción, tan adorable como enloquecida, la seguía a través de los pasillos de mármol conforme caminaba hacia sus aposentos.

Justo frente a su puerta yacía una invitación cuidadosamente doblada; su citatorio para el real juego de croquet. Había sido abierta y el sello real roto. Con un suspiro, ella desató los siete listones que mantenían la invitación en su lugar. Algo estaba escurriendo a través del sobre; ¿tinta? Dinah sacó la carta y observó la elaborada caligrafía contra la luz.

"Su presencia para el real juego de croquet es requerida. La princesa disputará el partido final; sus oponentes, la duquesa y el Rey de Corazones"

Dinah sintió cómo el aire salía de sus pulmones. Ella nunca había jugado contra su padre, jamás. Siempre se le escogía como oponente una dama de la corte, alguien a quien pudiera vencer fácilmente, y el rey siempre jugaba contra Xavier Juflee, la Sota de Corazones.

El líquido negruzco siguió chorreando, esta vez sobre el zapato de Dinah. Dinah dio una sacudida al sobre. La cabeza de un ratón blanco, cercenada, cayó al suelo. Dinah se apartó de un salto. Temblando, volteó el sobre, pero no había nada en él. Hincada, tocó la cabeza del roedor con la punta de su tembloroso dedo. Un nuevo sentimiento la recorrió entera y lo sintió despertar conforme observaba los delgados labios del ratón, forzados en una grotesca sonrisa. La princesa se sentía a la vez fascinada y aterrada, devastada de que hubiera todavía una razón más para temer la llegada del día siguiente.

CAPÍTULO 5

Dinah untó pudín de ciruela sobre sus galletas de higo; mientras, Harris se mecía adelante y atrás enfrente de ella, haciendo que el vino se derramara de su copa.

—Va a llegar tarde; muy, muy tarde al real juego de croquet. No podemos ser impuntuales, su alteza.

Harris se puso a deambular dando vueltas a la mesa, su túnica a cuadros ondeaba a su alrededor.

—Preferiría ser arrollada por los pezuñacuernos antes que jugar hoy croquet contra Victoria —gruñó Dinah, mientras se empinaba un vaso de jugo. Todavía tenía presente la cabeza de ratón y no podía apartar la imagen de su mente.

—Podría ser ese el caso, princesa, pero aun así debes ir. Es el antecedente de la ceremonia del té, y se espera que la familia real acuda no sólo como asistentes, sino como jugadores cuando la gente del pueblo termina de jugar. Esta tradición data de cientos y cientos de años...

Dinah emitió otro gruñido e interrumpió el balbuceo de Harris.

—Inventado por el séptimo Rey de Corazones, Doylan el Grande, el real juego de croquet ha establecido las reglas y la etiqueta. Ha hecho a la familia real sinónimo del juego de croquet, para siempre entrelazada con sus importantes tradiciones y lo que representan... —dijo Dinah y luego sonrió astutamente—. Me das el mismito discurso cada año. Al contrario de lo que piensas, sí te escucho. Ahora, ¿por favor me dejarías leer en paz?

Uno de sus más grandes libros de historia, *La gran grulla*, descansaba abierto frente a ella, un enorme libro plateado con páginas gastadas. Era un libro raro y una fascinante historia ficticia de la religión yurkei. Harris abrió de par en par las puertas que daban hacia el patio, dejando entrar un remolino de nieve rosada.

—Ciérrale, por favor, que me estoy congelando —pidió Dinah. El anciano la ignoró.

—¡Croquet! —exclamó—. Su solo nombre conjura la idea del País de las Maravillas, su excelencia: temple aristocrático y gracia.

Dinah dejó escapar un suspiro, y cerró el libro con suavidad para después apoyar su rostro en las palmas de las manos.

—El real juego de croquet marca las tendencias en la moda, las formas, el estilo y la manera de tomar té de todo el año siguiente —dijo Harris—. Es una oportunidad para que la Familia Real de Corazones dé muestras de su unidad, de sus habilidades atléticas...

Dinah alzó la cabeza con una risa burlona y una mancha de pudín de ciruela sobre el labio superior.

—¿Habilidades atléticas? No me hagas reír, Harris. Se trata de pegarle a una pelota con un palo. ¿Unidad? Mi padre me *ooooodia* y Victoria...

—Es una encantadora e inocente niña —concluyó Harris.

Dinah le lanzó una mirada de profundo desagrado.

—Es una zorra, una serpiente venenosa —replicó—. Tan sólo verla me hace sentir náuseas. Podrá ser mi media hermana, por la línea sanguínea de mi desleal padre, pero *nuuuunca* será mi verdadera hermana. Únicamente Charles es mi hermano, a quien, te recuerdo, ¡nuca invitan al real juego de croquet!

—Dinah, tú sabes muy bien por qué no invitan a Charles —dijo Harris mientras se ajustaba los anteojos.

—¿Porque es una vergüenza para mi padre?

—Porque no es posible controlarlo, y el linaje de Corazones debe verse fuerte, inquebrantable. La historia del real juego de croquet está llena de adulaciones políticas, gloria y grandeza; no hay lugar para alguien que está loco.

Dinah partió un pan sobre la mesa con el cuchillo.

—Probablemente está loco, pero es *miiii* hermano. Y es el hijo del rey. Si no estuviese loco sería el heredero legítimo del País de las Maravillas y todos los naipes se inclinarían ante él.

Harris se agachó y limpió la pequeña mancha en el labio de Dinah con su pañuelo blanco, que tenía bordado un diminuto corazón en una de las esquinas.

—Eso es totalmente cierto, princesa. Nadie lamenta la pérdida de la cordura del príncipe más que yo. Estuve ahí cuando nació, al igual que contigo, y sostuve entre mis brazos su inquieto cuerpecito rosáceo, lo envolví entre pieles y lo bendije en el nombre de los dioses del País de las Maravillas. Amo a Charles, pero incluso yo sé que no es posible incluirlo en los eventos reales. Hace que la corona parezca débil y llama la atención sobre las fracturas en tu familia.

Dinah acuchilló el plato con rabia.

—Cuando yo sea la reina, Charles no estará escondido, lejos en un atrio, arrojando sombreros por la ventana. Estará conmigo e irá a donde yo vaya, esté loco o no.

Harris empujó la silla en la que Dinah estaba sentada y ella tuvo que saltar sobre sus pies.

—Ese es mi mayor deseo, princesa. Ahora, ¡es momento de que vayas a vestirte! ¡Se nos hace tarde, tarde, tarde! ¡Emilia, trae su atuendo de croquet!

Dinah pensó que había pocas cosas tan horribles como ser oprimida en un corsé, como si tuviera que ser atada a su propio torso. Se quedó quieta, con los brazos extendidos a los lados mientras Emilia la vestía. Emilia refunfuñaba mientras las fuertes costillas de Dinah y sus caderas cuadradas se reducían gradualmente en la forma de una doncella curveada por las gruesas cintas.

Conforme la presión aumentaba progresivamente, Dinah se estudiaba a sí misma en un enorme espejo con forma de corazón. Su cabello negro caía liso desde sus sienes hasta sus hombros. Su cabello era increíblemente grueso y pesado; una carga que algunas veces apenas toleraba. Su cara era tersa y su nívea blancura era acentuada por unos labios de intenso rojo que formaban una mueca perfecta: un pequeño corazón en un rostro fuerte. Sus ojos de color café oscuro eran grandes y rodeados de largas pestañas. Podía decirse que era su mejor atractivo. "Sí, soy fuerte", pensó, contorneado su cuerpo ante el espejo, "fuerte como mi padre, y oscura como mi madre".

Dinah era un poco más musculosa que el promedio de las mujeres del País de las Maravillas. Tenía unos hombros firmes y anchos, como de hombre; su abdomen era sólido, sus piernas fuertes y musculosas. No había curvatura alguna desde su busto hasta su cintura, toda ella era un cuadrado sólido, sobre el cual se alzaban sus amplios pechos, más parecidos a pequeños melones que a los higos maduros descritos en las novelas de pacotilla que Emilia leía. Las tartas habían añadido un poco de blandura a su mentón últimamente, pero Dinah de todas maneras era atractiva, o al menos eso era lo que se hacía creer a sí misma. No era bonita o delicada como Victoria, pero sí guapa.

Un naipe alguna vez la había llamado guapa y Dinah lloró durante días, pero ahora podía verlo. Su mamá había sido ancha, pero voluptuosa, y por esta razón su figura de reloj de arena todavía adornaba mucho en las pinturas que había de ella. Su larga cabellera negra llegaba hasta el suelo, portaba la corona con gran elegancia y sencillez. Davianna había sido elegante, ataviada siempre con sus vestidos y llevando en alto la corona, mientras que Dinah se sentía más como uno de los ridículos pájaros que Charles solía engarzar en sus sombreros.

—¿Todavía no acabas? —preguntó a Emilia con un mohín—. ¿No puedes hacer que mi cintura parezca más estrecha sin matarme?

Emilia apoyó un pie contra la espalda de Dinah para dar un último estirón a las cintas. Los huesos de las nervaduras del corsé se encajaron en el torso de Dinah y ella dejó salir una queja de dolor.

—Ahí está —dijo Emilia, con una sonrisa satisfecha—, ahora sí ya terminé, majestad.

Fue por el atuendo de croquet y lo dejó caer sobre su cabeza cuidadosamente.

La gruesa lana gris cayó alrededor de Dinah como un pesado telón, colgado de cada centímetro de su cuerpo. El traje era hermoso en un sentido estricto, con cientos de hilos entrecruzándose juntos en un elaborado *tweed*. Un gran corazón rojo se arqueaba sobre sus hombros por detrás del vestido y la parte superior se plegaba en la parte de las clavículas. Cintas blancas colgaban debajo del corazón en delicadas ondas. Corazones de color morado brillante salteaban todo el vestido.

Emilia abotonó la parte de atrás y comenzó a peinar el cabello de Dinah, lo apartó de su cara y lo fue arrastrando, trenzando y torneando hasta formar un voluminoso chongo que decoraba la parte de atrás de su cabeza. Encajó varios broches de plata con corazones en la punta para sujetar el chongo, que después cubrió con una red roja cubierta de joyas. Harris entró con una caja de cristal.

—No, no, no, no —dijo Dinah.

Harris la ignoró y abrió la caja para sacar un largo pincel morado. Con una sonrisa en el rostro comenzó a esparcir un fino polvo blanco sobre el rostro de Dinah, quien estornudó y ambos quedaron envueltos en una nube perfumada.

—Una princesa no debe forcejear así —la regañó Harris—. Deberías estar emocionada de formar parte de esta honorable tradición. ¡Qué regalo tan grande sería jugar en la corte real! —dio un paso hacia atrás para admirarla y Emilia se unió a su lado—. Trae la corona.

Emilia, con mucho cuidado, colocó la delgada corona en la cabeza de Dinah. La línea irrompible de corazones rojos de rubí resplandeció como fuego sobre su oscuro cabello y la piel empolvada de blanco. Harris hizo una profunda reverencia, aunque Dinah vio que sus piernas se doblaban con dificultad. Estaba volviéndose viejo y eso la entristecía.

—Mi futura reina... Eres tan hermosa. Me siento muy orgulloso de ver que te has convertido en una mujer.

Dinah lo tomó de la mano y le ayudó a incorporarse. Dio una caricia a la amable cara redonda de Harris y le dijo:

—Mi querido amigo, algún día seré reina y entonces jamás tendrás que volver a inclinarte. Pasarás los días comiendo tarta, recostado entre almohadones mientras otros sirvientes atienden todas tus necesidades.

Harris le dirigió una sonrisa taimada:

—Tu reino será maravilloso, estoy seguro, pero espero que su majestad encuentre un mejor uso para mí que estar recostado entre almohadones. Tal vez una posición como consejero...

—Tal vez.

Dinah escuchó el estruendo metálico de una sola trompeta, que venía de fuera de su balcón. La familia real debía reunirse para el juego.

El campo de croquet estaba en el centro del patio del palacio: un cuadrado de césped perfectamente peinado, verde y reluciente, rodeado por las imperturbables torres del palacio del País de las Maravillas. Grandes montañas de nieve color rosa habían sido apiladas alrededor del césped, y el campo mismo se veía tan exuberante como en un cálido día de verano. No parecía que fuera finales de invierno. Robustos escaños de madera en los tres lados del campo proveían amplio espacio para que se sentaran los cientos de *lords* y *ladies* de la corte. En escaños de madera construidos más abajo, miles de personas del pueblo contemplaban a los jugadores. Desde ahí podían admirar, murmurar y juzgar a todo el mundo, uno de los pasatiempos favoritos durante el real juego de croquet.

Dinah esperó en uno de los costados del campo, flanqueada por Harris y una veintena de Naipes de Corazones que tomaron posición, preparados para asistirla. El maestro de ceremonias de los juegos se inclinó ante Dinah y le indicó que pasara adelante. Dinah dio un profundo respiro y murmuró en silencio que esto pasaría rápido. Los músicos alzaron unas sobre otras sus largas trompetas, para formar una elaborada composición de instrumentos, y tocaron tres notas de bienvenida. Dinah levantó su fuerte mentón y caminó hacia el campo de juego. Pudo escuchar una onda de aplausos respetuosos mientras avanzaba sobre el césped, con la cola de su vestido gris peinando las afiladas hojas de la hierba.

Cuando por fin llegó al centro del campo, Dinah miró alrededor sorprendida. Si fuera a jugar contra Victoria, ya debería estar esperando, de acuerdo con las formas del orden jerárquico. Dinah sintió una chispa de felicidad agitarse dentro de ella: tal vez eso significaba… ¡que Victoria no jugaría con ellos! Serían sólo Dinah y su padre, jugando solos. Su corazón se aceleró ante esa esperanza. Tal vez su padre habría visto que ella era una hija valiosa, su legítima heredera. Ella pensó que debía jugar de la mejor manera, sin rechistar ni fanfarronear. Ella sería una perfecta visión de lo que sería la futura reina.

El maestro de ceremonias de los juegos entonces se le acercó y le entregó un largo bastón de madera tallado con la forma de un flamenco, el ave oficial del palacio. A Dinah le gustaba sentir el peso del bastón entre sus manos. Estos bastones eran tallados con madera de los árboles del Bosque Retorcido. Cristalizados y antiguos, llevaba meses cortar estos árboles, y por ese motivo sólo era posible talar uno al año. Su madera era vendida a los más altos precios, hasta cien veces más que la madera normal. Los soldados la usaban para fabricar las empuñaduras de sus espadas, los granjeros para sus arados y las mujeres para las cucharas de la cocina. La única parte del árbol que jamás podía ser vendida era aquella que servía para tallar los bastones de croquet de la familia real.

Dinah esperó, mientras golpeaba el pesado bastón contra su pierna, impaciente, hasta que escuchó el sonido de las trompetas por segunda vez. Se mordía los labios. Dinah hizo una elaborada reverencia en anticipación de la llegada de su padre. Conforme levantó la mirada del suelo, escuchó que la multitud retenía el aliento a la expectativa. Sus ojos oscuros miraron hacia todas partes, esperando ver a su padre en toda su grandeza, pero en lugar de eso tuvo la visión de una belleza arrolladora. Una ola de decepción la invadió: Victoria había llegado a la corte. Su largo atuendo estaba hecho de cientos de capas de chifón color crema y matices resplandecientes color durazno, rosa y limón, todo entremezclado de forma exquisita. Su cabello de oro estaba rizado en gruesos bucles que caían como cascada por su espalda. En la cabeza llevaba un gracioso sombrerito adornado con plumas blancas, prendido con una gran gema del tamaño y el color de un durazno.

Dinah sintió la rabia hervir dentro de ella, el bastón cayó de su mano: era el prendedor de su madre. Dinah adoraba aquel prendedor desde que era pequeña. Solía jugar con él, correteaba en la alcoba de su madre haciendo de cuenta que fuera un durazno verdadero. Victoria hizo una respetuosa reverencia ante Dinah y murmuró con cortesía:

—Su alteza, luce adorable de gris.

Dinah dio dos pasos amenazantes hacia Victoria.

—¿Es una broma? —preguntó entre dientes.

—No —dijo Victoria desconcertada.

"Un paso más", pensó Dinah, "y podría plantarle mis zapatillas de rubí en su hermosa cara".

—Oh, veo que la princesa está impaciente por comenzar el juego —intervino Cheshire, ataviado en un deslumbrante traje púrpura.

Se deslizó entre ambas para quedar en medio y dijo:

—Su majestad, el real juego de croquet debe ser siempre jugado con gracia y dignidad. Le recuerdo a las dos que el reino entero las observa.

Las amonestaba a ambas con discreción, pero sus ojos estaban clavados en Dinah solamente, quien se mordía los labios hasta sentir en la lengua el sabor de su propia sangre. Ella le dirigió una sonrisa y con mucha seriedad le contestó:

—Por supuesto, señor Cheshire. No debemos más que expresarnos con honestidad y caridad. Un hombre tan virtuoso como usted tiene a bien recordárnoslo.

Cheshire se le quedó mirando fijamente, con los ojos oscurecidos por la ira, pero su amplia sonrisa no lo traicionó ni un momento. Dinah sintió que el miedo la apuñalaba.

Victoria le dirigió a Dinah una sonrisa de disculpa, tomó su bastón y dijo:

—Por supuesto que lo recordaremos, señor Cheshire. Hace mucho que quería jugar con mi hermana.

Luego levantó su bastón en los delgados brazos y saludó a la multitud, quien le dio un salvaje rugido de aprobación, seguido de lujuriosas propuestas de matrimonio. Era el tipo de recepción que Dinah jamás había recibido. Ni una sola vez.

Cheshire puso su delgada mano en el hombro de Dinah, lo apretó y susurró en su oído:

—Podrás estar tranquila con el hecho de que ella seguramente se está muriendo de frío con ese vestido tan delgado. Una reina debe ser sabia, incluso cuando se trata de lucir hermosa.

Luego regresó a su puesto, al lado de los Naipes de Corazones de la guardia del rey, con las manos entrelazadas tras la espalda y esa irritante expresión de sabelotodo. Aunque Dinah odiaba a Cheshire, y recordaba cuando la había llevado fuera del palacio, ahora se permitió sentirse un poco confiada con la piel de gallina, que se erizaba en los brazos y el pecho de Victoria. Ella, de hecho, estaba bastante a gusto en su cálido vestido de lana gris, incluso cuando se viera tosca y aseñorada, si se la comparaba con la radiante duquesa. Observó a la multitud y localizó a Wardley, de pie, en su uniforme de Naipe de Corazones, en la orilla del campo. Él alzó su mano y dijo "hola" en silencio, pero su gesto se transformaba cuando volteaba a ver a Victoria, y fruncía el ceño. Dinah se sintió aliviada de no ser ella la única en notar el desaire público que le habían hecho. Mostraba estar del lado de Dinah y miraba la situación con increíble disgusto, como si le hubiera hecho mal algo que hubiera comido.

Finalmente, después de varios toques de trompeta, su padre se apostó en la corte, con sus pisadas de acero retumbando sobre el camino de mármol. Su pesado cabello rubio estaba sujeto hacia atrás, fuera de su rostro, por la pesada corona; sus mejillas tenían el enrojecimiento que causa la bebida. Su padre odiaba el real juego de croquet tanto como ella. Prefería por mucho la caza, matar venados o caballos salvajes fuera de los muros del castillo, o rastrear los grandes gatos marinos que merodeaban por la costa oeste. Amaba la persecución, ese momento de intensidad cuando los animales luchan por su vida inútilmente, para acabar de modo irremediable en la cena real. El rey se aclaró la garganta y ordenó:

—¡Denme mi bastón!

Retuvo su mirada en Dinah mientras esperaba. Ella mantuvo la vista de sus grandes ojos oscuros pegada al suelo, pero podía sentir el calor abrazador de la mirada de su padre.

Los tres jugadores se alinearon y se les entregó una bolsa de terciopelo que contenía sus pelotas de madera esculpidas con la forma de puercoespines. Las de Dinah eran rojas; las del rey, negras, y las de Victoria, blancas. El maestro de ceremonias se dirigió al centro del campo y explicó las reglas. Un tambor comenzó a replicar conforme los jugadores caminaban en la corte. Su padre gentilmente tomó el brazo de Victoria y la condujo para que se colocara a su lado. Los celos afilados se removieron como un enjambre en el corazón de Dinah. Ella lanzó una lastimera mirada de auxilio en dirección a Harris. Él le dirigió una sonrisa y, nervioso, limpió los cristales de sus anteojos con el pañuelo. Ella alzó su mirada hacia las nubes que pasaban a toda velocidad cambiando de forma, para hacer de cuenta que estaba en cualquier otro lugar, excepto ahí. Cuando los jugadores tomaron posición en su respectiva marca, una sola trompeta tocó una tronante fanfarria y el aplauso de la multitud sonó como un solo rugido. Se iluminaron las bombillas de las lámparas que rodeaban el campo de juego: el real juego de croquet había dado inicio.

Victoria fue la primera en golpear: giró con el impulso del bastón enviando su pelota blanca en dirección al primero de los arcos, pero su siguiente golpe la llevó lejos del segundo arco. Dinah era la siguiente. Ella nunca había sido muy hábil para jugar al croquet, a pesar de que cada semana recibía lecciones... que aborrecía. Su pelota roja pasó por debajo del primer arco, pero quedó atrapada en el segundo. Su segundo tiro hizo que su pelota se fuera lejos, de modo que había quedado en el área que correspondía a su padre. El rey de corazones tomó el siguiente turno. Su pelota pasó por debajo de los dos arcos al primer intento, lanzando la pelota de Dinah fuera de los límites.

Victoria lanzó una risita triunfante:

—¡Eso es, padre!

Él tomó su tiro extra para enviar la esfera negra hacia el tercer arco. En su segundo turno, Victoria dio un leve golpe con su bastón, enviando su pelota blanca hacia el obstáculo. Dinah consiguió regresar su pelota roja de vuelta a la dirección correcta, pero ni siquiera había podido avanzar un solo turno antes de que una de las pelotas negras de su padre golpeara sus pelotas rojas. Dinah reconoció su estrategia de inmediato: aislar al oponente. Atacarlo con una furia implacable. Dominarlo. Eliminarlo.

Mientras observaba a su padre sonreír complaciente para alentar a Victoria, que había enviado una de sus pelotas blancas a un arbusto, Dinah sintió que su vergüenza por el triste espectáculo de su hermana se convertía en rabia. La negra furia se levantaba dentro de ella haciendo temblar la punta de sus dedos. Pensó que sólo dos podían participar en ese juego. No podía permitir verse humillada por sus propios sentimientos. Cuando volvió a ser su turno, Dinah golpeó con su bastón de manera poco femenina, tan fuerte que su pelota roja avanzó por el arco y fue a chocar con la pelota blanca de Victoria, haciendo que quedara completamente fuera de curso haciendo un tiro perfecto. La multitud murmuraba su desaprobación: "pobre Victoria". Pero a Dinah no le importaba.

Otra trompeta sonó y el juego avanzó en complejidad una vez que liberaron a los pájaros. Una docena de aves que corrían por todo el campo: flamencos, dodos, cisnes blancos y patos. Se entrometían en la ruta de las pelotas, bloqueaban los anillos o picoteaban los talones de los jugadores. Era un completo caos. Un dodo hundió su pico en la suave pantorrilla de Victoria, y ella soltó un agudo grito que hizo que el corazón de Dinah se alborozara. Incluso con lo extraño que resultaba el chacoteo de los pájaros y el alegre espíritu de la multitud, tanto Dinah como su padre parecían darse cuenta de que estaba cambiando el propósito del juego conforme gozaban al atacarse directamente uno al otro. Pelotas negras y rojas chocaban unas contra otras constantemente, conforme sus bastones se balanceaban cada vez más alto y con más fuerza. Victoria casi había quedado en el olvido, pero justo cuando se acercaba al onceavo arco, Dinah mandó una de sus pelotas rojas para hacerla retroceder.

El tiempo parecía prolongarse eternamente mientras los tres blandían sus golpes arco tras arco. La multitud se quedó en tenso silencio conforme se percataron de la enemistad que había entre Dinah y su padre. Bajo los brazos del rey aparecían oscuros círculos de sudor, y gotas espesas cubrían la frente de Dinah. Su pesado vestido de lana estaba empapado por dentro, soñaba con poder quitárselo y arrojarlo a la multitud. Su delgada corona de rubí permanecía sobre su cabeza, incómoda y con las afiladas puntas jalándole el cabello, hebra por hebra, cuando ella torcía y contorneaba su cuerpo para asestar mejor los golpes, sin dar importancia a cómo lucía.

Después de que pasó una hora, Cheshire dio un paso hacia el centro del campo de juegos y señaló a los encargados de atrapar a los pájaros, que fueron acorralados y removidos del campo para la partida final, que indicaba el final del juego. A Victoria le faltaban tres arcos; jamás ganaría. Prefería perder ante la multitud mostrando una relajada sonrisa y saludando con la mano. La multitud la aclamó en respuesta cuando se retiró, con sus rizos rubios perfectamente peinados. No habían padecido los efectos del esfuerzo físico que ella y su padre estaban sufriendo. Cheshire condujo a Victoria hasta la orilla del campo, donde ella colapsó de cansancio en una gran silla con forma de corazón. Era tan encantadora con su modestia: el ondear de su cabello, el brillo de sus ojos azulados. Hacía que Dinah se sintiera deplorable y celosa al mismo tiempo.

Era turno de Dinah. Las emociones se enredaban en su corazón, y dio un golpe lleno de odio con el bastón sobre su pelota roja, que surcó el campo, para golpear con un sonoro *crack* una de las últimas pelotas de su padre que se había ido fuera de los límites y descansaba contra los pies de un mortificado naipe de corazones. Él dio un paso atrás, y actuó sabiamente, ya que el siguiente sonido que Dinah escuchó fue a su padre que se acercaba con un grito de furia. El rey dio tres pasos hacia Dinah, y con lujo de violencia la jaló hacia él. Tanto Harris como Cheshire dieron un paso hacia el campo, listos para intervenir de ser necesario. Los enormes dedos del rey se clavaron en el hombro de Dinah mientras una mirada cruel le deformaba la cara. Para la multitud aquello parecía ser un divertido momento entre padre e hija. Pero Dinah podía ver la airada indignación en los ojos de su padre y su aliento alcohólico le enjugaba el rostro.

—Me vas a *dejar* ganar este juego, princesa. No me vas a humillar en frente de todo el reino, más de lo que ya lo haces con tu mera existencia. El Rey de Corazones no perderá ante su patética hija. De lo contrario te pondremos un nuevo mentor y Harris se las verá con la espada.

Tibias lágrimas brotaron de los ojos de Dinah mientras él la sacudía. "Es mi padre, ¿cómo puede hacerme esto?" pensaba, mientras trataba de reunir el valor que moraba en ella para dar el golpe definitivo que lanzaría su pelota fuera del campo, pero ya no estaba ahí, el lugar antes ocupado por la audacia ahora había sido reemplazado por un hambre implacable de amor, del amor que debió darle su padre. Y esa hambre era tan real y tan poderosa que la hizo resollar:

—Lo haré. Haré lo que sea que me pidas, padre. Perdóname.

—No vuelvas a olvidar tu lugar. Yo soy tu rey y Victoria es tu hermana, y tú tendrás que honrarnos a ambos. Después del juego tendrás que ir a inclinarte ante ella para que todo el País de las Maravillas pueda ver que la has aceptado como tu hermana de sangre, como tu igual.

Un sollozo escapó de sus labios constreñidos. Él sonrió e hizo un gesto ante la multitud:

—¡Ella se toma muy en serio el juego! —anunció—. Mi dulce hija.

Él la liberó. Dinah dio un paso atrás. Sus rodillas amenazaban con flaquear. El maestro de ceremonias caminó hacia el centro del campo y anunció en un largo altavoz de plata:

—Ahora dará inicio la jugada final del real juego de croquet. Por favor levántense en nombre de su rey.

La multitud se puso de pie. El rey daría su golpe final. Él desabrochó los cuatro prendedores que sujetaban su capa y la arrojó en dirección a Wardley, quien la alcanzó y se la llevó fuera del campo, para volver a grandes zancadas a su posición a la orilla, pero no antes de dirigir a Dinah una mirada empática. La pelota del rey rodó con facilidad a través del último de los anillos y anotó el punto final. Todas las miradas se fijaron en ella, incluida la de su padre. El gesto del rey era una desconcertada mezcla de orgullo y miedo, como un oso salvaje atrapado en una jaula. Él pertenecía al campo de batalla o al trono, no al campo de croquet.

Dinah levantó su bastón. La multitud retuvo el aliento por un instante y ella pudo observar la ansiedad en sus rostros, implorando la victoria de su rey. Ellos le temían sin conocerlo y lo adoraban sin tener prueba alguna de su divinidad. Comprendió de una vez por todas lo que significa ser un líder: el líder debe estar dispuesto a ser una máscara, carente del más mínimo gesto de intimidad. El líder es la cabeza que proyecta las más altas esperanzas y oculta en lo profundo los más bajos miedos. Dinah comprendió que la multitud necesitaba que su padre ganara el juego.

Tomó el bastón y balanceó el pico del flamenco para golpear la pelota roja, que rodó en todo el campo y rebotó fuera de los límites marcados por la estaca. La multitud rugió en glorioso festejo. Las mujeres lloraban y los hombres le rendían homenajes a su padre trazando la forma de un corazón sobre su pecho o dando fuertes gritos. El rey levantó su bastón sobre su cabeza en señal de triunfo.

Victoria se apresuró hacia él, con su vestido flotando sobre el césped.

—¡Padre! ¡Felicidades!

Él la alzó y la balanceó sobre el suelo en un caluroso abrazo. Dinah arrojó su bastón en el campo y caminó sobre la hierba. Harris fue detrás de ella, meneando la cabeza en mutua decepción. Harris sabía, desde hace mucho tiempo, leer los estados de ánimo de Dinah y sabía cuándo reprenderla... y también cuándo guardar silencio. Dinah caminó rápidamente hacia el palacio para llegar hasta su recámara atravesando los tortuosos pasillos de muros de piedra. Se sacó el vestido de lana gris, hediondo a sudor agrio y se dejó caer en el colchón. Un asomo de autocompasión la cubrió por un momento y escondió su rostro en la almohada. Una mano suave, delgada y débil, seca por el paso del tiempo, acarició su frente y pasó los dedos entre su cabello. Harris estaba a su lado.

—Sé que fallaste ese tiro intencionalmente. Y algún día serás una mejor gobernante que tu padre sólo por ello. El orgullo de un líder nunca debe ser antepuesto al bienestar de su gente. Eso es algo que tu padre jamás ha podido aprender. La multitud sólo lo alaba porque le teme. Le tienen miedo. No es porque lo amen.

Dinah permaneció en silencio.

—Te dejaré descansar hasta el banquete de esta noche —murmuró Harris, inclinándose para besar su frente. Un furioso sueño se apoderó de ella de forma violenta.

CAPÍTULO 6

inah soñó que flotaba en un mar de tinta negra, sin sentir su propio peso, sin sentir siquiera los confines de su cuerpo. Pequeñas chispitas de luz blanca pulsaban alrededor de su campo de visión, danzaban en círculos mientras ella se balanceaba entre el sueño y la vigilia. Dinah se dio cuenta de que algo malévolo la perseguía a través de la niebla oscura. Estaba fuera de su alcance, pero era una cosa terrible y podía estar segura de que se encontraba hambrienta. De pronto, Dinah se dio cuenta de que estaba de cabeza. Su cabello ondulaba entre las estrellas.

El cielo entintado palpitaba y se convertía en un líquido plateado. Dinah giró en el aire, dando de manotazos para enderezarse. Relojes y muebles pasaban flotando en un río invisible. La negrura le volvió a dar escalofríos: ahora flotaba sobre un espejo. El asesino que la perseguía estaba cerca, podía sentirlo muy, muy cerca. Estaba casi encima de ella. Sujetaba su estómago y sus pechos con uñas de hielo puntiagudas. Estaba atrapada. Logró enderezarse levantando su pie hasta que la punta de su nariz se despegó del suave espejo. Se fue como agua. No había nadie detrás de ella. Eran sus propios brazos los que la atrapaban. Sus ojos negros se abrieron y pudo ver su propio reflejo. *Ella* era la oscuridad.

Dinah se tambaleó fuera de la cama de un salto. Estaba bañada en sudor. Sus brazos se agitaban en el aire frío de la noche. Emilia se levantó de la mecedora que estaba junto a la cama.

—¿Todo bien, princesa?

—Sí, sí. Gracias. ¿Qué hora es?

Emilia puso aparte el tejido que realizaba:

—Creo que es hora de que se vista para el banquete. ¿Tiene algo en mente, princesa?

Dinah miró por la ventana, hacia el cielo estrellado del País de las Maravillas. Su mente seguía atada a sus sueños.

—Algo ligero. Por favor, nada de lana esta vez.

Por lo general a Dinah le disgustaba asistir a los banquetes. Después del interminable desfile de pompa y ostentación para que pasaran a sentarse los *lords*, las *ladies*, los naipes de buena cuna, los hacendados y los consejeros, la familia real finalmente tomaba asiento ante la mesa del rey, que era una gran pieza de piedra bastante poco ordinaria: hecha de gruesa obsidiana, las esquinas de la mesa estaban curvadas en puntas afiladas y picos que habían sido la causa de no pocas extremidades ensangrentadas. El Rey de Corazones se sentó en una plataforma alta, a mitad de la mesa, y puso su corona al lado de un enorme cáliz. Su bigote rubio se hallaba teñido de vino de cereza, lo que le daba el aspecto de un caníbal demente. Dinah se sentó a su izquierda y Victoria a su derecha, tan luminosa como siempre, en un traje entallado de color de moras maduras. Sus ojos azules radiaban belleza y herían de muerte los corazones de todos los hombres del País de las Maravillas. Ningún naipe podía pasar junto a ella sin sentirse arrobado por su etérea presencia.

El rey tomó asiento en su silla y dio un sonoro eructo:

—¡Más vino! —ordenó.

Cheshire se inclinaba sobre el oído del rey, merodeando como siempre. Le susurraba cosas y lo auxiliaba, al tiempo que la mirada del rey se clavaba en diferentes puntos alrededor del salón haciendo blanco en amigos, enemigos y Don Nadies. Los hacendados sirvieron más vino en su gigantesco cáliz y él bebió ansioso, con una sola mano, la otra descansaba siempre sobre la daga que llevaba sobre el corazón. El padre de Dinah veía enemigos en todas partes. En cada casa, en cada linaje distante y aparentemente absurdo que llevara hacia el trono. Creía que los asesinos de los yurkei estaban en todas partes, cada uno tratando de arrebatarle la corona. Emilia había hablado a Dinah acerca de los rumores que corrían acerca de la paranoia de su padre. Que dormía con su daga en la mano, que seis guardias lo vigilaban mientras dormía, que solamente confiaba en Cheshire.

Dinah apartó en su plato la grasosa pechuga de emú y la cubrió con semillas y brotes. No sentía ni un poco de apetito y, para su desgracia, tendría que pasar las siguientes cuatro horas sentada en ese lugar, con una sonrisa artificial congelada en su rostro. Victoria soltó una sonora risilla por algo que había dicho su padre, y Dinah se inclinó para reprenderla con la mirada. Cheshire la recompensó con una aguda sonrisa, por encima de la cabeza de su padre. Dinah tuvo que contenerse para no arrojarle su plato a la cabeza, al tiempo que sentía que su garganta se llenaba de amarga bilis. Su padre siempre la había odiado, desde el día en que ella naciera, y estaba convencida de que la venenosa lengua de Cheshire tenía mucho que ver con ello. Podía acordarse de cuando era muy pequeña, antes de que su madre muriera, cuando vio a Cheshire por primera vez. Su cabello y sus cejas todavía eran oscuros. Cheshire podía haber sido más joven, pero seguía teniendo el mismo aspecto taimado. Su mano descansaba sobre el hombro del rey y se contrajo al ver que Dinah se acercaba a ellos, tambaleándose sobre sus piernitas. Ella observó el rostro de su padre, esperando ver alegría, pero no vio otra cosa más que enojo. Se asustó: ¿acaso su padre no era el hombre que amaba a su madre? Sus ojos azules la recorrieron de pies a cabeza en busca de algo que no pudo encontrar. Su boca se contrajo, primero en un gesto de confusión, luego de disgusto. La empujó con rudeza.

—Apártenla de mi vista. No quiero volver a verla por aquí nunca más —le dijo a Harris, y dos naipes la condujeron fuera de su presencia.

Dinah gritó y pateó a uno de ellos en la espinilla. El segundo naipe trató de sujetarla, pero ella logró escapársele también. Lloró buscando a su padre sin obtener respuesta, hasta que Harris la envolvió en sus brazos por la cintura para refrenarla mientras la niña gritaba:

—¡Papi! ¡Papiiii! ¡Papiiii!

El Rey de Corazones se alejó sin mirar atrás, mientras su capa negra le barría el rostro al pasar junto a ella. Cheshire lo siguió con la cabeza inclinada. Dinah era lo suficientemente bajita para ver la sonrisa de satisfacción que se estiraba a lo ancho de su rostro. Incluso siendo tan niña pudo sospechar que, de alguna manera, su inteligente aguijón había torcido la mente de su padre en su contra. Era su hija. Se suponía que él debía amarla, pero nunca lo hizo. Ella ahora le respondió la sonrisa a Cheshire, mientras juraba en lo profundo de su corazón que la primera cosa que haría como reina, después de que su padre muriera o cuando ella se casara, sería enviar a Cheshire directo a las Torres Negras y encerrarlo ahí de por vida. Por supuesto, la había ayudado el día que Victoria llegó, al mostrarle los túneles, pero eso había sido para cumplir con sus propios propósitos. Con Cheshire uno podía estar plenamente seguro de ello. No era un hombre que pudiera ser subestimado.

Las horas pasaron lento conforme las luces se debilitaban y la multitud se intoxicaba cada vez más y más con la bebida. Risas alegres y el aroma delicioso de las tartas se envolvían como amantes alrededor de los invitados que gozaban del banquete. Dinah estaba aburrida. Volteaba a ver a su padre, quien ahora rugía en carcajadas en compañía de Xavier Juflee, el Sota de Corazones y comandante de los Naipes de Corazones. El rey no se dio cuenta de que Dinah los miraba. Tampoco se percató de que Victoria tenía la mirada triste en un punto lejano, fuera del alcance visual de Dinah. Ella siguió la mirada de Victoria hasta la parte de atrás del salón, pero no había nadie, sólo el rastro de un fantasma. Victoria bajó la mirada y se sonrojó. Dinah sintió un ligero movimiento en la periferia de su campo visual y eso la hizo salir del trance para mirar hacia la mesa.

Su plato había desaparecido y, en su lugar, se hallaba una chorreante rebanada de pan de moras en un delicado platito. Ella parpadeó desconcertada. No se había percatado del momento en que pusieron frente a ella ese plato extra y el hecho ya era alarmante por sí mismo. Escrito en hermosa letra cursiva, alguien había escrito "Cómeme" en salsa de frambuesa a un lado del plato. Perpleja, miró en derredor, pero no había nadie que actuara de manera sospechosa, nadie la miraba con malicia desde ningún rincón. Lo único que podía ver era a cientos de personas comiendo, bailando, hablando emocionadas acerca del juego de croquet de aquella tarde. Wardley atravesaba el salón de un lado a otro, bebiendo de una pesada jarra de cerveza; Harris hablaba con el maestro de música y su hermano Charles podría estar en cualquier lugar, excepto en un banquete real.

Dinah volvió a mirar el mensaje en su plato: "Cómeme". ¿Acaso se trataba de un insulto o de una trampa? ¿Sería veneno?

Dinah rápidamente embadurnó las letras con la cucharilla de plata. A cada respiración aumentaba la curiosidad. Tomó el tenedor y lo encajó en el panecillo. De pronto escuchó un *click* de metal sobre vidrio, y vio que dentro del pastelito había un pequeño tubo de cristal, más pequeño que un carrete de hilo. Sus manos temblorosas tomaron el tubo y lo ocultaron bajo la mesa. Sacó el corcho fácilmente para sacar un pequeño pedazo de papel que desenrolló con la punta de sus dedos. Volvió a mirar en todas direcciones.

La fiesta continuaba subiendo de intensidad. Gordos pájaros blancos corrían arriba y debajo de las mesas; la gente los alimentaba y se divertía con ellos. Como siempre, nadie reparó en ella, la extraña hija del rey, la de cabello oscuro. Sus manos temblaban conforme desenrollaba el papel, preguntándose quién podría haberlo enviado. Cuatro palabras, escritas en elegante letra manuscrita, adornaban el rectángulo de pergamino: Faina Baker, Torres Negras. Grabado a un lado de las palabras había un triángulo con una ola debajo. Ese símbolo le resultaba vagamente familiar, aunque Dinah no podía estar segura de lo que representaba ni podía pensar en ello en ese momento. Le dio vuelta al papel. Nada. Los latidos de su corazón eran tan fuertes que estaba segura de que el salón entero podía escucharlos, incluso cuando nadie volteara a verla. Dinah cerró los ojos y se grabó en la memoria el nombre, el símbolo y las palabras. Luego hizo lo que su plato le había ordenado y se comió las palabras. El gusto del papel era pastoso y sin sabor.

CAPÍTULO 7

quella noche, las estrellas parecían desperdigadas, esparcidas hacia el norte, sobre el Torden, y también sobre el sur, donde trazaban líneas verticales sobre las Tierras Oscuras. Dinah se quedó sola en su balcón, envuelta en una gruesa manta de piel de oveja.

—Su majestad, ¡va a congelarse aquí afuera! —gruñó Emilia desde sus habitaciones.

Dinah torció los ojos hacia arriba y la hizo callar con un gesto de la mano.

—¡Estoy bien, Emilia! No tengo frío, el invierno ya casi termina.

Emilia hizo una mueca y se retiró en silencio. Dinah volvió su mirada a la bóveda celeste.

"Faina Baker, Torres Negras", murmuró para sí misma una y otra vez. No podía imaginarse el significado de esas palabras, sólo podía sentir, intuir, que su significado era muy importante, así como sus consecuencias. Había estado esperando ese pequeño rollito de pergamino durante toda su vida sin saberlo. El silencioso hilo de angustia que la seguía a cada paso en aquel palacio le había dado origen. Había estado presente en el juego de croquet, en el banquete, en los rumores de los naipes en la corte, especialmente desde que Victoria llegara. ¿Acaso ese pequeño papel era la repuesta, algo que la impulsaría a dar un paso adelante?

¿Quién era Faina Baker? ¿Qué era lo que sabía? Y, lo más importante, ¿por qué se encontraba en las Torres Negras? Dinah se mordió los labios, un hábito causado por la ansiedad. Contrario a lo que le había dicho a Emilia, había una frialdad amarga en el viento de los últimos días del invierno; se colaba a través de su frazada como si ésta fuera de lino fino. La recorrió un escalofrío. Era hora. De debajo del cobertor sacó una larga bufanda color borgoña, bordada con pequeñas rosas. Alcanzó la orilla del balcón y ató la bufanda alrededor de uno de los barrotes, en lo alto de la reja. La bufanda ondeó con el viento: una cinta roja contra la negrura del cielo.

Dinah volvió dentro, se tomó su té y se bañó en silencio. Observó el vapor que se acumulaba en el vestidor. Harris y Emilia se retiraron a dormir a sus habitaciones, y ella se quedó sola, meciéndose ante la vista de su ventana. La paciencia nunca había sido una de sus virtudes, y cuando no podía esperar más, salía al balcón y asomaba la cabeza sobre la baranda. Forzaba la mirada a lo lejos hasta que finalmente lo vio: el escudo plateado de Wardley recargado contra uno de los abrevaderos, fuera de la armería.

La piel de Dinah se estremeció de alegría: ¡Vería a Wardley! Se comunicaban de esta manera desde que ella era pequeña. Wardley siempre estaba fuera, en los establos, mientras que Dinah permanecía confinada al Departamento Real, donde recibía sus lecciones, así que se las arreglaron para encontrar la forma más sencilla de enviarse un mensaje: un escudo o una bufanda significaba "Necesito verte". El otro entonces daría su respuesta y el mensaje estaba completo. Dinah se quitó la bata púrpura que llevaba sobre su delgada túnica, y se abrochó su capa sobre ella. Con el oído sobre la puerta, escuchó a los Naipes de Corazones que se retiraban de esa ala del palacio. Sus pasos metálicos disminuyeron hasta desaparecer por completo. Dinah sabía que era cuestión de minutos antes de que regresara la ronda. Con mucha discreción deslizó la puerta y corrió por el pasillo. Sintió el frío congelante del mármol en sus pies desnudos. Llegó hasta la escalinata de piedra que usaba la servidumbre, al final del ala, y de aquí comenzaba un sinuoso camino entre corredores y galerías, hasta llegar a la Capilla de Corazones.

Cuando el reino de su padre apenas había dado inicio, su padre había ordenado la construcción de una pequeña alcoba con vista hacia la Capilla de Corazones. Mientras que para la mayoría resultaba desconcertante que hiciera todos esos cambios en una construcción antigua, que irradiaba luz con su extravagante arquitectura, el Rey de Corazones persistió, aun cuando su proyecto representaba la destrucción de un antiguo laúd que había sido sellado en el muro. La alcoba que el rey construyó recibió el nombre de La Caja. Su propósito era iluminar y mover los corazones de los campesinos, al bendecirlos con el regalo de la adoración dentro de la capilla, mientras se les mantenía fuera, alejados de los miembros de la corte y de la familia real. El rey creía que al conceder algo de realeza a aquella audiencia de campesinos, indeseados y huérfanos, podría algún día inspirarlos a hacer cosas grandes, aun cuando fueran personas de baja ralea.

Cada domingo, los campesinos eran rodeados por los naipes y llevados a La Caja. Eran forzados a participar en los servicios de la Capilla de Corazones, y luego se les daba pan y sopa, y los dejaban ir. Después de que se iban, La Caja recibía una rigurosa limpieza, a fin de dar paso al siguiente grupo conformado por los leñadores, los carniceros, las cortesanas y los pescadores. Dinah pensaba, no obstante, que aquella era la más terrible de las concesiones. ¿Acaso la gente del pueblo realmente quería que los quitaran de sus actividades para ir a rendir culto con aquellos que habían sido dotados con tanta abundancia? De cualquier forma, ella estaba agradecida de que su padre le hubiese proveído un lugar privado para poder encontrarse con Wardley dentro del castillo.

Al ser princesa, Dinah no podía estar sola durante mucho tiempo, y raramente podía ir a algún lado en el palacio sin que docenas de personas la vieran. Tan solo en las últimas semanas, los Naipes de Corazones habían empezado a acompañarla a lugares a los que usualmente iba sola: a la biblioteca, a la cocina, al atrio. Harris decía que era porque la coronación estaba cada vez más cerca y, por consecuencia, su padre había ordenado protección extra a su alrededor. Para Dinah, no era más que un fastidio que había tenido que aprender a tolerar.

Con el aliento agolpado en la garganta, Dinah empujó las grandes puertas de la Capilla de Corazones para abrir. Esta noche tuvo suerte, normalmente había un vigilante, pero quizá se había ido a hacer su ronda. Ella se escurrió dentro. Había algo estremecedor en todo ese espacio deshabitado y sombrío como una tumba, e igualmente helado. Las paredes revestidas de mosaico brillaban en la oscuridad, y ella podía imaginarse figuras amortajadas de piedra luchando entre sí e imponiendo su poder sobre los mortales: eran los dioses del País de las Maravillas. La grandeza de la capilla la hacía sentir pequeña y expuesta. Sus pisadas sobre el suelo rebotaron como cañonazos e hicieron eco entre las columnas y los muros. Dinah se detuvo para tomar aire, y se dio cuenta de que estaba frente a la ventana con forma de corazón que adornaba la parte trasera de la capilla. Finas grullas de oro colgaban atadas una a la otra frente al corazón, de modo que parecía que se las tragara por completo: sus alas eran sólo puntos de una aglomeración.

Dinah se quedó sola en la oscuridad, sintiéndose igual que aquellas grullas, devorada por ese salón, por el trono, por su padre y el palacio. Deseaba reinar, tomar asiento al lado de su padre y, como Reina de Corazones, dominar con fortaleza y valentía, pero temía lo que iba a costarle llegar ahí. Tenía el derecho de ocupar su lugar en el trono, pero cuando se casara, su padre no le cedería el trono a su esposo tan fácilmente. Sus grandes ojos oscuros se entrecerraron mientras observaba la brillante ventana roja y la luz le entintó el rostro. El altar parecía pulsar de color carmesí. "Cuando sea reina", se dijo a sí misma, "todas mis dudas desaparecerán y mi padre volverá a abrazarme. Se dará cuenta de que he nacido para ser una reina y yo seré mucho mejor reina de lo que él fue rey".

Dinah escuchó pasos acolchados y sintió un cambio en el aire. Un leve estremecimiento movió los tapices y las banderas que colgaban sobre los muros; súbitamente tuvo una desagradable sensación de que alguien la estaba observando. Dio vueltas en todas direcciones, pero a su alrededor sólo había oscuridad: un espacio vacío y sagrado, y nada más que los ojos de los dioses estaban sobre ella. Aspiró para olfatear. El aire olía de manera extraña: una rara mezcla de tierra y cebo. Detrás de ella, una puerta hizo *click* y escuchó pasos tranquilos que hacían eco en la capilla. Era Wardley. Suspiró con alivio y volvió hacia el altar, anduvo por el largo pasillo hasta quedar en paralelo a la puerta. Sólo la luz de la luna se filtraba a través de la ventana de corazón rojo. Sus fuertes manos encontraron la escalera de madera que llevaba hasta La Caja. Dinah dio un ligero gemido y subió hasta el último peldaño. Wardley asomó su cabeza desde lo alto de la escalera.

—¡Apúrate!, eres tan lenta como un bicho comemusgo.

Dinah le lanzó una mirada dura y siguió subiendo con cuidado para evitar que las astillas se le encajaran en los pies descalzos. Una vez que llegó a lo alto, fue recibida por el olor hediondo de basura, aceite y vegetales podridos: el olor de la pobreza. Aunque se suponía que limpiaban La Caja después del último culto, no siempre lo hacían. Se puso de pie, se pasó los dedos entre los cabellos enredados y se enderezó la capa. Wardley estaba frente a ella, vestido con sus ropas de descanso: una camisa holgada de lino blanco, pantalones rojo oscuro y sus botas de equitación. Su camisa estaba abierta sobre su pecho y Dinah pudo ver el brillo turgente de su piel sudorosa a la luz de la luna. Su corazón golpeó con fuerza y ella se obligó a sí misma a no mirar. Wardley le dio un rápido abrazo:

—Ugh, hueles horrible.

—Cállate, no soy yo, es La Caja —dijo Dinah y le golpeó el brazo.

—Ese golpe fue como sentir el soplo de la brisa en mi brazo —rezongó—. A ver, intenta de nuevo.

Dinah sintió que la tierra temblaba bajo sus pies. Él sostuvo su brazo frente a ella, y ella lo golpeó con todas sus fuerzas. Warldey se contrajo.

—Ya, ya, está bien, eso sí dolió. Sigue trabajando en ese brazo, algún día tu padre te entrenará para usar el puñal.

—No lo creo, pero es una buena perspectiva.

Se sentaron juntos en un astroso banco de madera que hedía a pescado.

—Entonces, ¿qué era lo que necesitabas decirme? —preguntó Wardley—. ¿Necesitas algo? ¿Estás en problemas? Podías haber ido a los establos en unos cuantos días. No es tan fácil andar a hurtadillas para llegar aquí. ¿Te has dado cuenta de que hay Naipes de Corazones por todas partes? Es ridícula la cantidad de hombres que visten uniforme en estos días. A tu padre ya no le importa si están calificados o no, o si son buenas personas, él lo único que quiere es ver cuerpos cubiertos con capa.

Wardley hizo un chasquido de disgusto. La constante disminución de requisitos para convertirse en Naipe de Corazones era algo de lo que frecuentemente se lamentaba.

—Por lo menos no son Espadas.

Él miró por encima de ella y ella pudo ver la seriedad en sus ojos, la sonrisa que se disipaba.

—¿Qué es lo que sucede, Dinah?

Ella acercó su rostro al oído de Wardley. Sólo con estar a esa distancia se le hacía difícil respirar, pero tenían mucho de qué hablar. Cualquiera que los mirara de lejos los tomaría por jóvenes amantes secreteándose palabras tiernas.

—Ayer alguien me dio una nota. Durante el banquete. La introdujeron en mi panquecito de moras y escribieron sobre el plato "Cómeme".

Wardley se separó de ella con un gesto de intriga y preocupación. Tomó su rostro cariñosamente y se inclinó sobre ella hasta poder verla con toda claridad.

—No te lo comiste, ¿verdad? Dinah, eso pudo haber sido veneno.

—No, no, por supuesto que no —dijo Dinah y sacudió su mano—. No me lo comí, pero sí lo abrí y dentro estaba esto...

Ella sacó el pequeño tubo de vidrio del bolsillo de su capa.

—Había un papel dentro. Lo leí y después me lo comí.

Los ojos de Wardley se abrieron estupefactos. Ella continuó:

—La nota decía "Faina Baker, Torres Negras", y tenía un símbolo en forma de triángulo.

Wardley miro hacia el techo, pensativo.

—Faina Baker —repitió en voz baja—. Nunca había oído ese nombre antes. ¿Y tú?

Dinah negó con la cabeza.

—Nunca. He estado pensando toda la tarde, tratando de acordarme, pero no, yo tampoco lo había escuchado.

Wardley tomó el pequeño tubo de vidrio entre sus dedos y lo observó a la luz de la luna.

—¿Qué crees que significa?

Dinah se retorció las manos.

—De verdad que no lo sé. Pero no puedo dejar de sentir que se trata de algo muy importante.

—No puedes saber eso, Dinah. Podría tratarse de una trampa, alguien tratando de conspirar en contra del rey, o alguien que quiere desacreditarte a *ti*. Tu padre tiene muchos enemigos. Pudo haber sido un asesino de los yurkei.

—Ya lo sé, en serio —dijo y se acercó a él. Cuerpo contra cuerpo y su boca murmurándole en el oído—. No puedo explicarlo, pero necesito averiguar quién es Faina. Esta nota no fue enviada con malas intenciones. Estoy segura de ello. Alguien quiere ayudarme. Puedo *sen-tir-lo*.

Wardley tomó su mano y ella sintió cientos de estrellas explotar en su piel.

—Dinah, sé que quieres creer eso, pero no estoy seguro de que sea prudente. Tu coronación está cada vez más cerca, tal vez todo esto sólo sea indicio de que te sientes nerviosa por heredar el trono.

Dinah levantó la mirada y fijó sus ojos oscuros en los suyos.

—¿Confías en mí?

—Por supuesto que sí. Eres mi mejor amiga —le aseguró con una risilla, nervioso ante la inesperada exaltación de su amiga.

—Entonces ayúdame. Warley, estoy segura de que algo anda mal, puedo sentirlo. Hay algo que nos acecha, una presencia, un peligro, algo *muy malo* está ocurriendo. Y alguien trata de ayudarnos. *Ne-ce-si-to* hablar con Faina Baker, y requiero de tu ayuda para hacerlo.

Warldey negó con la cabeza.

—Entrar en las Torres Negras es imposible. Tú eres la princesa, te siguen a todas partes, e incluso cuando no fuera así, no es sencillo entrar a ese lugar. Es un hormiguero de vigilantes —bajó la voz—. Además, sólo los dioses pueden saber qué cosas terribles podríamos encontrarnos ahí, ya has escuchado lo que dicen los rumores. Hay cosas que simplemente no pueden ser borradas de la mente de uno. Las Torres Negras es un lugar de violencia, tortura, enfermedad. Toda la depravación del reino se encuentra encerrada ahí, ¿y tú quieres arriesgarte sólo por un nombre? Un nombre que podría no significar nada, o que podría ser el de un traidor que te aguarda en la oscuridad con un puñal escondido tras la espalda. ¿De verdad piensas que esa mujer puede tener todas las respuestas? ¿Qué respuestas son las que estás buscando? Y si lo hiciera, ¿entonces por qué la tienen encerrada en las Torres Negras?

Wardely dio un suspiro y continuó:

—Escúchame, Dinah, los que van a dar a las Torres Negras son criminales. Criminales, mentirosos, asesinos y gente a la que tu padre necesita desaparecer. No es lugar para una princesa —besó delicadamente los nudillos de su mano—. Mi querida amiga y futura reina, por favor desiste de esto.

La cabeza de Dinah daba vueltas. No había tomado en cuenta todas las cosas que Wardley le estaba diciendo, pero no importaba. Sabía que el serpenteante sentimiento se abriría camino hasta su espina dorsal, día tras día.

—Como la princesa del País de las Maravillas, te ordeno que me ayudes.

Wardley le dirigió una mirada de desconcierto.

—Tú jamás harías eso. Además yo no tengo por qué obedecerte, todavía no eres la reina.

—Pero lo seré.

—Y el día que lo seas, entonces habré de obedecerte.

Dinah lo miró a la luz de la luna: su amigo, su compañero de juegos, algún día sería su amante.

—No puedo hacerte esto, Wardley. Pero siempre hemos soñado e imaginado cómo son las Torres Negras, qué es lo que hay dentro. Esta es nuestra oportunidad.

Wardley abruptamente se puso de pie, la tomó de los hombros con dureza:

—Esto no es un juego, Dinah. Esto no es como cuando jugábamos a las Torres Negras en el jardín de rosas, persiguiéndonos entre los arbustos. Esto podría tener serias consecuencias. ¿Acaso quieres perder la corona? ¿O que a mí me corten la cabeza?

Dinah bajó su rostro y murmuró:

—Lo sé, te estoy pidiendo demasiado. Pero es algo que tengo que hacer, contigo o sin ti. Hay algo más. El símbolo en la nota, el triángulo con la ola, ¿lo has visto alguna vez?

Dinah dibujó el símbolo con el dedo, en el polvo del suelo. Wardley lo vio sin tener la menor idea de lo que era.

—¿Qué es eso?

—Me costó toda la noche recordar, pero ahora recuerdo dónde lo vi. Está grabado en los túneles, debajo del palacio. Recuerdo que había tres diferentes túneles escondidos, uno llevaba al Gran Salón, otro conducía fuera de la muralla, del lado este y el tercero estaba marcado con este emblema —ella lo señaló—. Antes pensaba que era la imagen de una montaña, de las montañas yurkei, pero estaba equivocada. Es el símbolo de las Torres Negras. Creo que ese túnel lleva directo a las Torres Negras.

Wardley se rascaba la barbilla, pensativo, y se pasaba los dedos por entre la incipiente barba que comenzaba a crecer luego de haberse afeitado aquella mañana.

—Pero, ¿cómo podemos estar seguros?

—No podemos.

—Para comenzar, no sabríamos en cuál de las torres encontrar a la supuesta Faina Baker —argumentó Wardley.

—Es verdad.

Wardley ahora iba y venía, alterado, haciendo que sus botas levantaran una pequeña nube de polvo. Dinah podía ver que estaba luchando contra su propia curiosidad.

—¿Cómo podríamos tan siquiera llegar al Gran Salón, si está eternamente vigilado? Y sólo por suponer, digamos que podemos entrar ahí para luego entrar en los túneles. Y luego, ¿qué? No podemos simplemente andar de paseo por las Torres Negras la princesa y yo, como si se tratara de un simple tour.

—Podemos encargarnos de eso —escupió Dinah—, tengo un plan.

—Bueno, digamos que entramos. Supongamos que encontramos a Faina Baker en una de las *sieeeete* torres. Digamos que logramos hablar con ella, tomar el té, y que ella nos cuenta toda clase de secretos. ¿Y luego? ¿Qué? ¿Simplemente nos damos un paseo hasta encontrar la salida de esa red de acero y regresar a los túneles?

Dinah se encogió de hombros:

—Tenemos mucho que planear. Nunca dije que sería sencillo.

—¿Sencillo? ¡Es una locura! Es una misión suicida. ¿Y para qué?

Dinah se levantó del banco y lo tomó del brazo con dulzura.

—Por la futura reina, para que tenga todas las de ganar antes de su coronación. Para no quedarnos con la duda de qué es lo que hubiéramos encontrado. Por las repuestas que nunca se me han dado y que nunca me darán. Por la posibilidad de entender *algo* acerca de este lugar.

—¿Y si pierdo la cabeza en el intento? —preguntó Wardley.

—Voy a lamentarlo mucho —dijo ella—, es una hermosa cabeza.

Ella apoyó la mano sobre su mejilla y se sintió tan cercana a él; su presencia física era abrumadora. Respiró su cálido aliento y pudo sentir el sudor que empapaba su traje, su cabello rizado y castaño, desordenado sobre su frente. Sin pensarlo, presionó sus labios sobre los de él. Estaban fríos y suaves, mientras que los suyos estaban tibios y hambrientos. Luces blancas explotaron por debajo de Dinah. Ella abrió un poco su boca sobre la suya, pero sus labios tardaron en responder ante la sorpresa. Él le puso las manos sobre los hombros.

—Dinah, yo...

Él no tuvo tiempo de terminar la frase. Algo se movía en la oscuridad, abajo. Escucharon agitación de pisadas y un inexplicable zumbido de viento. La escalera chirrió por un instante. En un movimiento rápido, Wardley sacó su espada y empujó a Dinah tras de sí para protegerla. La hoja de su espada resplandeció con la luz de la luna.

—Alguien está aquí —susurró—. No te muevas. Quédate detrás de mí.

El miedo los congeló a ambos, mientras un escalofrío trepaba por la piel de Dinah y el aliento se le agolpaba en la garganta. Ninguno de los dos se movió durante varios minutos. Difícilmente se atrevían a respirar. Desde la oscuridad les llegaban los sonidos de respiraciones largas y confiadas que iban y venían en torno a la escalera. Entonces, sólo cuando el sonido rugiente de su corazón fue tan fuerte que ella estaba segura de que inundaba el lugar entero, la presencia desapareció. El viento maligno fue succionado fuera del salón, aunque permanecía el sentimiento de ser observados. Dinah se preguntaba si habían estado ahí todo el tiempo. Wardley volvió a guardar su espada.

—Ya se fueron. No pudieron habernos escuchado, ¿verdad?

Dinah negó con la cabeza. De pronto se escuchó un estallido y los dos saltaron y se estrecharon, mientras que las puertas de la Capilla de Corazones se abría y tres naipes marcharon dentro para hacer su ronda nocturna. Dinah y Wardley se agacharon en La Caja para evitar que los vieran. Ella sintió un ligero alivio ante la presencia de los Naipes, aun cuando tuvo que recostarse en el suelo apestoso para evitar que los encontraran. Wardley la miró a los ojos.

—Había alguien ahí —murmuró—, pude escucharlo.

Dinah asintió. Wardley la miró derrotado, con la cara cubierta de una fina capa de polvo.

—Está bien —siseó—, iré contigo a las Torres Negras. Pero no es algo que vaya a disfrutar. Tienes razón, algo anda mal. Escucho murmullos en los establos y entre los Naipes. Un Espada me dijo que el rey teme por su vida y que está reuniendo a todos sus naipes a su alrededor, pero ¿por qué?

—¿Entonces vendrás conmigo?

Wardley asintió. Con la cabeza inclinada escuchaba a los vigilantes. Dinah estaba feliz de ver que se alejaban, pero la mortificación de haber besado a su amigo volvió ahora que el peligro se había ido.

—Wardley, perdóname por...

—No te preocupes por eso —la interrumpió.

Escucharon las puertas de la capilla golpear al cerrarse y de pronto se volvieron a quedar solos. Wardley tomó a Dinah de la mano y la ayudó a incorporarse.

—Es hora de irnos.

Bajaron rápidamente la escalera. Al llegar, Wardley rodeó la cintura de Dinah con sus brazos para ayudarle a llegar al suelo.

—Vete ya. Vuelve a tu habitación. Toma el pasaje de la servidumbre. Hablaremos después sobre este asunto. Ven a verme mañana a los establos, no volveremos a encontrarnos aquí nunca. No puedo creer que vaya a hacer esto.

Dinah no necesitaba que le dijeran dos veces que tenía que irse, pero no quería dejarlo, no ahora, no mientras estaba molesto.

—Wardley, no estás obligado a acompañarme a las Torres Negras. Ahora me doy cuenta de que no debí pedírtelo. Pero yo sí tengo que ir. Ya no soy una niña y necesito saber lo que ocurre en mi reino. ¿Puedes entenderlo?

Wardley la miró como si estuviera loca.

—Si vas a ser la Reina de Corazones —dijo con frialdad—, deberías tratar de no ser tan estúpida. No tengo alternativa. Si tú vas, yo también iré. No eres tan buena con la espada como piensas. Además, si mueres, tu padre de todas maneras me cortará la cabeza tarde o temprano. Será mejor que sea por una buena causa.

Dinah le dirigió una sonrisa rápida:

—¿Una buena causa o por ayudar a una estúpida?

Dinah había logrado convencerlo, sabía que él no podría resistirse a una aventura como aquella. Wardley miraba en torno del salón vacío y silencioso.

—Después elaboraremos el plan, pero nos llevará tiempo. Ahora *vete*.

Ella quería volver a besarlo. Besarlo siempre. Pero eso no sucedería esta noche, así que levantó el vuelo de la falda y corrió rápido, tan rápido como pudo, para regresar a su alcoba. No fue sino hasta que estuvo a salvo, en su cama, mientras recordaba el beso en todo su extraño encanto y sentía la helada brisa del País de las Maravillas danzando sobre su piel, cuando se dio cuenta de que había dejado el tubo de vidrio en La Caja, junto con un trazo en el polvo de un triángulo ondulado. Habían quedado ahí, solos, en la oscuridad, esperando a ser descubiertos.

CAPÍTULO 8

xactamente un mes después de su sigilosa conversación en La Caja, Dinah se frotaba el sueño de los ojos mientras despertaba y se espabilaba la flojera, para ver el reloj de tic-tac incrustado en su librero. "Hoy es el día", pensó, y se levantó sobre los codos. "Hoy es el día en que iré a las Torres Negras y por fin averiguaré quién es Faina Baker". Se sentó en la orilla de la cama y apoyó las palmas sobre sus cálidas mejillas. Tomó un profundo respiro. "Debo estar tranquila o esto no va a funcionar", pensó. "Debe parecer como si fuera cualquier otro día, aunque no lo sea ni para Wardley ni para mí". Dio un bostezo exagerado mientras veía llegar a Emilia cargada de algodonadas toallas de baño.

—¿Cómo amaneció, su alteza?

—Bien, gracias.

La mañana fluyó como de costumbre: un esmerado baño, seguido de afeites y vestiduras, acompañado de la tonta plática de siempre con Harris y con Emilia. Mientras ella le ajustaba el corsé, Dinah se aclaró la garganta para decir:

—Fui invitada a tomar el té con Victoria el día de hoy. Creo que iré por la tarde.

Emilia dejó de tirar de las cintas para preguntar:

—¿Con Victoria? Pero...

Emilia estaba muy al tanto del profundo odio que Dinah sentía por su media hermana.

—Puede que no sea mala idea que nos conozcamos mejor. Pronto seré reina, debería hacer las paces con ella. No puedo estar resentida toda la vida. Después de todo es mi súbdita.

Dinah pudo sentir que le fallaba la voz conforme la mentira que acababa de decir le llenaba la boca de amargor. Harris se le quedó mirando desde el otro extremo de la habitación, estupefacto.

—Me aseguraré de despedir a Palma y a Nanda —dijo Emilia y se mordió el labio con furia.

Odiaba a las dos estúpidas mujeres que servían a Victoria, Palma y Nanda, algo que hacía que Dinah quisiera a Emilia todavía más. Las sirvientas no se dirigían la palabra una a la otra, ni en el palacio, ni fuera del palacio donde se lavaban las sábanas, los vestidos y los lienzos. Dinah nunca pudo comprender el profundo odio que las mujeres sentían entre sí, pero al menos ese día era perfecto para que no tuvieran siquiera que mirarse a los ojos. Harris la esperaba feliz en la otra alcoba.

—¿Escuché bien? ¿Vas a ir hoy a tomar el té con Victoria? Esa es una idea magnífica, Dinah, ¡qué maravilla! Ya es tiempo de que ustedes dos pongan en claro sus diferencias. Deberías verla como la hermana que siempre quisiste tener.

Las nervaduras del corsé se ajustaron alrededor de las costillas de Dinah mientras Emilia tiraba de las cintas.

—No aprietes tanto, Emilia, no quiero verme toda acartonada en el té de esta tarde.

Emilia cedió la presión.

—No había pensado en eso, su majestad, perdone.

Hubo un latido de silencio y después la tensión se relajó.

—¿Por qué no nos evitamos el corsé sólo por hoy? Sobre todo porque va a estar sentada durante largo rato. Pero entonces usemos un traje brillante, algo que le recuerde a la duquesa que usted es la futura reina.

Emilia abrió el armario blanco y sacó un hermoso vestido de seda color magenta, lleno de rosetones y capas sobre capas.

—Esto hará lucir radiante su cabello negro, princesa.

Dinah hizo una mueca. No hacerlo hubiera despertado sospechas.

No rezongue, princesa, sólo póngaselo y ya.

Mientras el vestido pasaba por encima de su cabeza, Dinah volvió a aclararse la garganta para decir:

—Estaré toda la mañana en la biblioteca. Tengo que estudiar con Wol-vore.

Wol-vore era su tutor de lengua. Dinah pasaba con él varios días a la semana aprendiendo a imitar el habla de los yurkei de las tribus de la montaña, a tararear el extraño acento cantarín de los pueblos de la ladera oeste. A Dinah todo eso le parecía completamente inútil y aburrido hasta decir basta. Sin embargo, ese día en particular Wol-vore se encontraría en casa de su amante, una encantadora dama de la corte que vivía en el extremo opuesto del palacio. Wardley lo había averiguado. El oro y las gemas podían comprar gran cantidad de información entre los más oscuros rincones de la corte.

—Me parece magnífico, Dinah. Estoy tan orgulloso de ti...

Harris se veía exultante de felicidad, orondo y con las mejillas rosadas. Dinah sintió su alma apuñalada por la culpa. Se miró a sí misma en el espejo y pensó: "Ojos negros, muchas mentiras". Volvió a aclararse la garganta.

—A ambos, oficialmente los dejo libres de todos sus deberes por el resto del día. Emilia, ¿no deberías ir a visitar a tu familia?

Y Harris, me parece que es el momento ideal para arreglar el jardín de rosas o jugar algo de croquet ¿no crees? Escuché que nuestras rosas vendela están a punto de florecer.

Harris alzó la mirada:

—Supongo que podría. Un poco de contacto con la naturaleza es un excelente tónico para el alma.

"Eso estuvo fácil", pensó Dinah. Cuando Emilia terminó de vestirla, comió su desayuno completo, las dos raciones de huevo y pan dulce de durazno. Lo necesitaría. Abrió la puerta para salir y tuvo que regresarse para tomar una bolsa de muselina.

—Mis libros —murmuró.

Emilia y Harris ni siquiera la miraron. Dinah pudo ver que estaban emocionados con el hecho de verse libres de responsabilidades, cosa que era muy rara para los sirvientes del palacio.

"Dos menos", pensó Dinah mientras calculaba sus pasos para llegar justo a tiempo al Gran Salón. Los naipes la saludaban al verla pasar y no había cerca ninguno de los miembros de la corte que solían estar holgazaneando en el pasillo. Podrían verla con ese ridículo vestido y luciendo extrañamente amable. Dinah caminó por delante de la puerta del Gran Salón y notó que había tres Naipes de Corazones apostados vigilando. Fellen, Roxs y Thatcher, tal como ella y Wardley habían anticipado. Dinah los saludó con una leve inclinación de cabeza al pasar.

Vigilar el Gran Salón era un trabajo menor entre los Naipes de Corazones. Aquellos que contaban con más habilidades y que eran más leales pertenecían a la guardia del rey, en seguida estaba Cheshire, después Dinah y así seguía de forma descendente la línea de la corte. Los nuevos reclutas, así como los naipes que tenían un récord de servicio cuestionable, eran asignados a la guardia de las muchas puertas y habitaciones del palacio. Nada sucedía en el Gran Salón durante gran parte del año, y por ello los naipes enviados a la vigilancia de sus puertas y pasillos solían recibir burlas despiadadas. Dinah pasó frente a ellos y se inclinaron con pesadez. Ella sacó un morralito de su bolsa y después hizo como si hubiera tropezado, dejando caer el morralito a sus pies. Una buena cantidad de monedas de oro se desparramó ante su codiciosa mirada; era más de lo que se necesitaba para alimentar a las familias de los tres vigilantes. El saco de muselina permaneció en su sitio. Dinah vio cómo se encendía la mirada de Roxs. Era de esperarse: él no tenía sólo una, sino dos familias que alimentar. Raudo, se acomidió a ayudarle a recoger las monedas, no sin embolsarse unas cuantas discretamente. Dinah lo vio y pensó: "perfecto".

—Perdona, soy tan tonta.

—No hay problema, princesa.

Dinah recogió rápidamente las monedas que restaban, y se aseguró de permitir que el guardia viera con toda claridad el contenido del morralito. "El precio de un collar", pensó, con cierta culpa, "sólo una de las muchas joyas que reposan inútilmente en mi cajón. Más que suficiente para alimentar a una familia". Frecuentemente se descubría a sí misma sintiéndose avergonzada por este tipo de cosas. Le hizo un gesto con la cabeza a Roxs y a los otros naipes para despedirse.

—Gracias, que tengan buen día.

Bajó la mirada y quiso aparentar que estaba nerviosa ante ellos. Dudó por un segundo y de pronto se dio la vuelta, permitiendo que su oscuro cabello le acariciara el rostro. Hizo que su voz sonara con un tenso apuro cuando les susurró:

—¿Podrían por favor decirme dónde queda la habitación donde se guardan las capas?

Roxs afirmó con la cabeza:

—No estoy muy seguro de por qué necesitaría usted ir ahí, su alteza. Ni siquiera trae puesta una capa.

Dinah hizo jarras con las manos en la cintura y dijo:

—No es de tu incumbencia, y tampoco te corresponde preguntarlo.

La frente de Roxs se contrajo en un gesto de desconcierto. A ningún naipe le gustaba que lo reprendiera un miembro de la familia real; era una verdadera vergüenza para aquellos que habían jurado brindarles protección.

—Perdóneme, princesa. La acompañaré.

—No. Sólo dime cómo puedo llegar ahí. Yo puedo ir sola, tengo prisa.

Dinah pudo darse cuenta de la confusión que les causaba con sus palabras: "¿Por qué podría tener prisa para llegar a la habitación de las capas?".

—Siga por este pasillo, pasando el oratorio debe dar vuelta y ahí encontrará una puerta pequeña del lado derecho, del otro lado del patio de servicio. Verá una ventana de vidrio y acero frente a la puerta.

Dinah aseguró su morralito contra el pecho y dejó que las mejillas se le enrojecieran:

—Gracias —dijo, y se alejó a paso rápido de los naipes.

La habitación donde se guardaban las capas en realidad era muy fácil de encontrar. Dinah llegó a ir ahí montones de veces cuando era niña en busca de una capa de invierno para ella o para su hermano Charles. Era una habitación larga, llena de piso a techo de toda clase de capas de diferente tipo y color, todas para la familia real y sus huéspedes más distinguidos. Un delfín de porcelana exhalaba vapor constantemente sobre una fuente instalada en el centro de la habitación que mantenía las capas suaves y tibias, sin importar la época del año que fuera. Dinah rápidamente encontró una simple capa café con capucha.

Dejó su bolsa de muselina en el suelo y tiró de los cordones para abrirla. Dentro había un vestido gris de algodón, con un pequeño corazón blanco bordado en la manga. Era el tipo de vestido que usaban las mucamas o las mujeres de servicio para trabajar. Dinah lo había sacado del armario de Emilia días antes. Rápidamente se deshizo de su elaborado vestido color magenta: ondas de tela que nadaban alrededor de ella como nubes acolchadas. Lo dobló con mucho cuidado y lo metió en la bolsa. La puerta de la habitación se abrió y ella dio un ligero chillido de pena, pues llevaba puesto sólo un ligero camisón.

—Soy yo —siseó Wardley.

Dinah volteó para verlo y comenzó a ponerse el vestido gris a toda prisa.

—No, espera. Quítatelo.

Ella sintió como si de pronto su corazón fuera sumergido en agua helada.

—Estarán aquí en cualquier momento. Vi sus caras cuando les pregunté por la habitación de las capas.

Él agitó la cabeza y comenzó a rezongar:

—El rey no debería tener hombres como estos a su servicio. Por tratar de construir un poderoso ejército de naipes ha reclutado incluso a los peores elementos. El hecho de que sus estándares hayan disminuido tanto está debilitando el reino.

—Shhhh —Dinah escuchó fuertes pisadas afuera y el sonido metálico de la puerta. Rápidamente Wardley abrazó a Dinah
por la cintura y la estrechó hacia él. Sus labios se deslizaron por
el cuello de la chica, mientras que su aliento abrasador acariciaba
su nívea piel. Ella entrecerró los ojos y se dejó vencer, consciente
de cómo cada curva de su cuerpo asomaba por la delgada tela, tan
cerca de él, tan cerca que estaban de estar piel contra piel.

Wardley sujetó su cabello negro y oscuro entre sus manos.

—No exageres —le murmuró.

La puerta se abrió de golpe y los tres guardias entraron y se
apostaron frente a ellos, riendo como idiotas. Roxs dio unos pasos
al frente:

—Muy bien, princesa. Por lo visto le ha tomado gusto al muchacho de los establos.

—Lárguense —gritó Wardley—, no se atrevan a acercarse a
la princesa.

—Deberías de aplicar ese consejo tú mismo. Parece que tú
eres el que está con las manos en la masa. A mí ella la verdad no me
gusta, no es mi tipo. Prefiero a la duquesa Victoria y sus cabellos
dorados... Ahora bien, no puedo negar que tiene cierto atractivo:
he oído decir que es guerrera como su padre y loca como su hermano. Debe tener fuego en la sangre.

Roxs abarcó a Dinah con su mirada lujuriosa, viendo más de
lo que debía.

—De modo que te estabas besuqueando con la princesa. Y
este secretito suyo, ¿cuánto vale para ustedes?

Dinah pasó saliva y alzó la voz con dificultad:

—¿A qué te refieres?

—Me refiero a cuánto oro hay en esa bolsita que llevas. ¿Doscientos? ¿Trescientos? Con eso podría comprarme un terreno, niña. Y comida para mis familias.

Wardley puso la mano sobre la empuñadura de su espada:

—No puedes estar chantajeando a la princesa. El rey pedirá tu cabeza el Día de las Ejecuciones por esto.

—Bueno, entonces vamos a decírselo, ¿no?

Roxs volteó a ver a sus compañeros en la entrada de la puerta, que sonreían como idiotas detrás de él.

—Espera, no. ¿Cuánto quieren?

—Todo lo que hay en esa bolsa, señorita. Nada menos que eso para comprar nuestro silencio.

—¡Pero es una fortuna! —exclamó ella con furia.

—Exacto, y eso es justo lo que pedimos.

Wardley avanzó unos pasos.

—Dejen que la princesa y yo discutamos esto y después hablamos.

—Si es que aquí hay una dama —gruñó Fellen, pero los tres naipes accedieron a salir y cerraron la puerta. Podían escuchar sus risas ávidas en la entrada.

—Bueno, esto salió bien —susurró Wardley. Volvió a estrechar a Dinah y presionó sus labios contra los de ella.

Los naipes regresaron, alardeando, impacientes.

—No pueden quitarse las manos de encima, ¿verdad? Recuerdo cuando era joven y vigoroso. ¡Simplemente no puedes controlar tu hombría!

Los naipes se regodearon dándose de empellones. Wardley alzó su mano para hacerlos guardar silencio. Aun cuando ellos asumían que era sólo un chico de los establos, logró dirigir su atención:

—Les proponemos lo siguiente: la princesa y yo nunca hemos tenido tiempo para estar... digamos que... solos. Les daremos el oro que hay en la bolsa, y también les daremos esto...

Dinah mostró un gran anillo de amatista. Los ojos de los naipes se encendieron.

—Pero sólo si nos dejan estar en esta habitación hasta que queramos, y que se aseguren de que nadie, *nadie*, entre. Y eso los incluye a ustedes. Si alguien llega a preguntar dónde está la princesa, pueden decir que se encuentra tomando el té con la duquesa Victoria o estudiando en la biblioteca. Nunca nos vieron aquí, ¿entendido? Les vamos a dar las monedas ahora, pero el anillo se los daremos después de que... Hayamos terminado —Wardley les dirigió una sonrisa maliciosa para seguirles el juego—. Y vamos a estar aquí todo el día.

Roxs dio un paso atrás:

—¿Y por qué les haríamos ese favor?

—¿A quién crees que el rey va a creerle, a un naipe borracho acusado de robar el oro de la princesa o a su propia hija?

Fellen dio resoplido de burla:

—¿En serio crees que puedes durar tanto, chico?

Wardley lo midió con la mirada:

—Sin lugar a dudas.

Los tres naipes intercambiaron miradas burlonas y envidiosas, y salieron de la habitación.

—Debemos ir a cuidar nuestro puesto en la entrada del Gran Salón. Pero estaremos atentos por si pretenden escaparse. No intenten engañarnos, muchacho.

—Está bien —replicó Dinah—. Mantengan su promesa y yo mantendré la mía, y a cambio de su silencio no mandaré a que les corten la cabeza.

Los naipes se fueron. Wardley miró a Dinah con una mueca de perplejidad.

—Siempre se puede confiar en los hombres de carácter cuestionable cuando hay oro de por medio —le dijo Dinah, pues no tenía tiempo para esas discusiones—. ¿Trajiste el uniforme? ¿Y la pechera?

—Por supuesto.

Wardley también llevaba una bolsa. De ella sacó la pechera bordada con un símbolo de trébol color gris. Se colocó su armadura sobre una túnica gris y sujetó la capa negra con unos pequeños broches de trébol sobre el hombro izquierdo.

—¿Cómo me veo?

—Como un trébol. ¿Y yo?

—Como una sirvienta, sólo que más arreglada.

Dinah rápidamente se trenzó el cabello y empezó a remover las capas colgadas en una de las esquinas de la habitación. Movieron capa tras capa hasta encontrarla: una puerta pequeña de madera, hábilmente camuflada con el muro circundante.

—No puedo creer que sea cierto. ¡Está aquí! —susurró Dinah conforme pasaba la mano por las discretas aberturas.

—Así es como tu bisabuelo se escapaba del Gran Salón para encontrarse con su amante yurkei, una muchacha de servicio. Los túneles que recorren el castillo son bien conocidos entre todos los corazones.

—Excepto por el mío.

—Excepto por el tuyo —Wardley tomó un profundo respiro y empujó la puerta. Luego ordenó a Dinah:

—Grita.

—¿Qué?

—Grita fuerte, de placer. Un sólo gemido alto.

Dinah obedeció.

—Eso los mantendrá satisfechos por un rato —rio Wardley—. ¡Vamos! —desaparecieron debajo de la puertecita.

El pasaje, un espacio intermedio entre las paredes de madera y los soportes del muro, los dirigió directo al nicho de piedra que daba al Gran Salón. Vieron que el salón estuviera vacío antes de salir y subieron las escaleras que dirigían al trono. Dinah condujo a Wardley por el estrecho vestíbulo que bordeaba la letrina de su padre.

—¿Esta es la ruta hacia los túneles? ¿Por la letrina?

Dinah no dijo nada. Estaba demasiado ocupada observando los tapices. El último, un elaborado trabajo de arte que representaba la victoria de su padre sobre Mundoo, el jefe de los yurkei. Estaba todo cubierto de mugre y arañas muertas que caían conforme ella tiraba de la tela. Detrás había una puerta, la que Dinah recordaba de aquel terrible día cuando Victoria llegó y su padre la mostró orgulloso ante todos como un preciado corcel. El día que Cheshire le mostró el túnel y ella accidentalmente se perdió hasta más allá de la muralla del palacio.

La puerta se abrió con un sonoro rechinido. Ambos se escurrieron dentro y se aseguraron de dejar la puerta abierta detrás de sí. Dinah condujo a Wardley por entre los túneles de húmeda roca que corrían en paralelo al Gran Salón, y luego bajaron por debajo de él. Los túneles estaban oscuros y fríos. La sensación era mucho más desagradable que la última vez que Dinah había estado ahí. Las heladas que habían caído sobre el País de las Maravillas los habían convertido en largos y húmedos bloques de lodo congelado y rocas agrietadas. Dinah veía su aliento congelarse y caer delante de ellos sobre el suelo con un ligero tintineo.

Wardley tomó una de las antorchas del muro y la encendió con su pedernal. Una flama encarnada danzó sobre su rostro.

—Tenemos que darnos prisa, podríamos quedarnos dormidos aquí abajo y nunca volver a despertar. Hace tanto frío que... —fue dejando de hablar hasta mejor quedarse en silencio, con los labios azulados.

Corrieron. El túnel se volvía cada vez más y más profundo y más frío conforme avanzaban sobre la tierra helada. Muchas veces Dinah tuvo que dar pasos atrás para tratar de recordar todas las vueltas que habían dado cuando se la llevaron como a una niña histérica de quince años. Era casi imposible. La habían lastimado tanto ese día, que había corrido a ciegas entre las sinuosas catacumbas. ¿Acaso había dado vuelta aquí, en el extraño gato grabado en el muro? ¿O había sido allá, más adelante, donde el túnel se dividía en cuatro caminos? Tuvo que regresar. Tiritaba bajo su capa.

—Nos debimos haber abrigado mejor —susurró Wardley.

Habían estado entre los túneles por casi una hora, pudo ver Dinah en el reloj de bolsillo que fácilmente le había quitado a Harris esa mañana.

—¿Ya casi llegamos? Tal vez deberíamos regresar.

Estaba más oscuro que antes y por un momento el pánico se apoderó de Dinah.

—¡No estoy segura! ¡Está tan oscuro!

—Y frío —añadió Wardley—. No olvides el frío.

Dinah se mordió los labios observando los alrededores.

—Está mucho más oscuro porque estamos bajo tierra, la misma razón por la que está cada vez más frío. Sostén la antorcha cerca del techo.

Ella miró hacia arriba y pasó los dedos por la superficie. Wardley sostuvo la antorcha sobre ella. La flama parpadeó y saltó entre las pequeñas raíces negras que corrían a lo largo del túnel. Cada tanto tiempo daban un pequeño pulso, como si estuvieran vivas, y les parecía que se movían cada vez más cerca.

Dinah sonrió en la oscuridad:

—¡Raíces! Igual que la vez pasada. Recuerdo que pensé que parecían huesos negros. ¡Ya casi llegamos!

—Espero que así sea —balbuceó Wardley entre el castañeo de sus dientes—, de otro modo nos vamos a tener que regresar y pasaré el resto del día calentándome los pies junto al fuego mientras me alimentas con tartas.

Los muros de piedra empezaron a estrecharse. Dinah y Wardley pasaron a un camino secundario donde apenas pudieron pasar apretándose contra los muros. Tenían el rostro cubierto de sudor helado. Dieron vuelta en una esquina y en otra. Un conjunto de muros apenas visibles y lodo. Había una rampa que descendía y de pronto estaban ahí: el círculo de tierra. La convergencia de los tres pasajes.

Wardley dejó escapar un profundo respiro y ondeó la antorcha cerca de los dibujos.

—Increíble. Esto es muy viejo, Dinah, muy, pero muy viejo. Es antiguo.

Dinah pasó los dedos sobre el triángulo ondulado.

—Cuando estuve aquí la vez pasada pensé que éste debía ser el símbolo de las montañas yurkei. Ahora me parece tan claro que conduce a las Torres Negras.

Wardley le envolvió la mano con sus dedos y de dio un apretón amistoso:

—Querías escapar de lo que tu padre acababa de hacerte. Es natural que quisieras estar en las montañas yurkei o en cualquier otro lugar donde no estuviera él.

Los ojos de Dinah brillaron en la oscuridad.

—¿Trajiste las cadenas?

Wardley le dio una ligera sacudida a su bolsa y Dinah pudo escuchar el tintineo de metal contra metal.

—Vamos, princesa.

—No puedes seguir diciéndome así —replicó Dinah, mientras se agazapaba sobre sus manos y sus rodillas y comenzaba a gatear a través del túnel—. Una vez que estemos dentro puedes llamarme con cualquier nombre excepto ese. Sé tan cruel como te sea posible.

Ella se detuvo para tomar aliento:

—Reza por que este túnel nos lleve a las Torres Negras.

Wardley refunfuñó detrás de ella:

—Rezo por que no lo haga.

El túnel se inclinó cuesta arriba, escalonado. El aire se volvía cada vez más extraño y sofocante. Casi húmedo. Era agradable sentir el suelo tibio bajo sus manos congeladas conforme comenzaban su ascenso.

CAPÍTULO 9

A Dinah le dolieron las rodillas al ponerse de pie. Gatear hacia arriba de una rampa había sido mucho más duro de lo que hubiese anticipado. Arriba de su cabeza podía ver la luz que despedía un estrecho agujero al final del túnel. Dinah sacó la cabeza y dio un suspiro de alivio. El pequeño rayo de sol caía desde una ventana con el marco oxidado, que parecía estar a muchas millas por encima de ella. Habían llegado a una especie de cámara con forma de cilindro de piedra, y el túnel no llegaba más adelante. Ella miró hacia abajo. Las paredes casi verticales terminaban abruptamente frente a una enorme alberca de hielo. Wardley empujó a Dinah por detrás.

—¡Detente, podríamos caernos! —susurró Dinah con miedo.

Ella observó los alrededores y descubrió lo que había estado buscando: dientes de piedra que subían en espirales a lo largo de las paredes de la cámara cilíndrica.

Wardley se talló la cara.

—Hace más calor aquí.

—No el suficiente —respondió Dinah mirando el hielo—. Debemos estar dentro de uno de los graneros con forma de cono que hay alrededor de las Torres.

Wardley subió primero, trepó por los dientes-escalones, iba adelante de Dinah y pegándose con fuerza al muro.

—Mantente cerca de la pared. Poco a poco. Veo una puerta allá arriba —señaló con la barbilla.

Dinah tragó saliva. Una caída no los mataría, pero con toda seguridad se romperían algunos huesos.

—No mires abajo —le recomendó Wardley.

Ella, no obstante, lo hizo. Sus ojos siguieron una grieta torcida que se dibujaba en el hielo. Enterrado hasta la cintura, congelado para siempre, yacía un esqueleto. Sus dedos huesudos se introducían en el hielo, las marcas de arañazos se hallaban a varias pulgadas de la superficie. El grito en su cara estaba condenado a permanecer ahí para toda la eternidad, la mandíbula colgando de manera grotesca desde los maxilares superiores.

Dinah sintió un escalofrío.

—¿Y eso...?

—... ¿Que si lo hicieron a propósito? —completó Wardley mientras recargaba el cuerpo sobre la pared—. Sí. Te dije que las Torres Negras eran un lugar brutal. Los Naipes de Tréboles encuentran muchas formas de extraer información, y casi todas implican distintas formas de tortura.

—Así que ese hombre...

—... Así que ese hombre probablemente fue puesto en el agua antes de que llegara la nieve y lo forzaron a mirar cómo se congelaba a su alrededor. Yo apostaría que está encadenado al fondo por los tobillos.

Dinah se quedó mirando y dejó al mismo tiempo que la repulsión la atravesara. Sintió otro escalofrío.

—¿Cómo puede este lugar ser a la vez húmedo y frío? —preguntó.

—Así son las Torres Negras —respondió Wardley.

Dinah seguía sin poder apartar los ojos del esqueleto. Wardley, con mucho cuidado, colocó los dedos bajo la barbilla de la princesa y apartó su cabeza de la terrible escena.

—Mira hacia otro lado.

La emoción de haber encontrado el camino a través de los túneles disminuía con cada paso que daban hacia la puerta, siempre cuidadosos del helado suelo. Dinah comenzó a escuchar los chillidos de los enormes murciélagos del País de las Maravillas, que algunas veces atacaban a los caballos. "No mires hacia arriba", se ordenó a sí misma, pegando el cuerpo a las paredes de piedra. "No mires hacia arriba ni hacia abajo. Sólo continúa en línea recta". Treparon por los escalones en silencio hasta que llegaron a una piedra oscura y desvencijada, mohosa y sucia por los excrementos de murciélago.

Wardley se volvió hacia Dinah, la antorcha iluminaba con luz rosada los rasgos oscuros de la princesa:

—Este es el final. Podemos volver desde aquí, pero después de que atravesemos esta puerta tendremos que terminar lo que hemos empezado.

Dinah miró hacia la puerta con resolución, pero su estómago estaba encogido por el miedo. El arrepentimiento comenzaba a arrastrarse a lo largo de su cerebro. Pero entonces recordó la nota, el momento en que la sacó de su diminuto frasco para desenrollarla, y recordó el sentimiento que la había embargado en el instante de leerla: entendió que cualquier conspiración que reptara a lo largo y ancho del palacio inevitablemente terminaría por llegar a ella, tanto si lo aceptaba como si no. Ella miró a Wardley, cuyos rizos se pegaban a su frente sudorosa.

—Faina Baker, Torres Negras. Hacia allá nos dirigimos —declaró la princesa, decidida.

El rostro de Wardley se ensombreció al entender que no darían marcha atrás.

—Como su alteza ordene. Quédate detrás mío, y hagas lo que hagas, por el amor de todos los dioses del País de las Maravillas, ¡no hables! Puedes disfrazar tu cara y tu vestido, pero hablas como una mujer noble y eso no puede disimularse.

Wardley sacó un par de grilletes de hierro de su bolsa y los colocó en las muñecas de Dinah. Eran más pesados de lo que ella hubiese esperado.

—Te ves hecha un desastre —le dijo Wardley.

Ella había sido descuidada a propósito con su vestido conforme caminaba y se arrastraba a lo largo de los túneles. Toda su ropa estaba llena de lodo. Había permitido que su rostro se embarrara con el hollín de las antorchas y había arrastrado su cabello en todas las inmundas paredes. Se veía como una persona común, peor que una persona común: como una criminal. No habían estado solos en los túneles. Wardley había identificado excrementos de rata y mangosta, además de otros que no estaba seguro sobre a cuál animal pertenecían.

Dinah encogió los hombros bajo el húmedo y frío aire.

—Estoy lista —declaró.

Wardley la miró a los ojos y Dinah observó en los de su amigo su mismo miedo reflejado.

—Nos mantendremos juntos sin importar lo que ocurra. ¿Trajiste la corona? —le preguntó.

Dinah asintió mientras le daba un golpecito a su bolsa.

—Sólo por si acaso.

Ella envolvió su mano con la de su amigo. Las cadenas rechinaron.

—Aquí vamos —dijo Wardley.

Poco después emitió un gruñido mientras su puño, envuelto en cadenas de hierro, rompía el viejo cerrojo de la puerta, que cayó al suelo con un sonoro ¡clang! Ambos tomaron una gran bocanada de aire antes de entrar.

El cambio de temperatura fue inmediato y radical. Mientras que momentos antes se había estado congelando, ahora Dinah se hallaba totalmente empapada en sudor. El aire era espeso, húmedo y desagradable. Columnas de humo negro ascendían desde el suelo bajo sus pies. Parecía que estaban dentro de un enorme capullo; una torre negra que subía en escalones con forma de espiral, haciéndose más angosta conforme ascendía. Ellos miraban a través de un foso repleto de cadenas que se balanceaban desde lo alto de la torre con forma de cono. A cada uno de los lados del foso se hallaban innumerables celdas que recorrían la circunferencia entera de la torre, una tras otra, haciéndose más y más pequeñas mientras más alto estaban colocadas. El olor era inhumano, y Dinah no pudo evitar las arcadas al olfatear orina, sudor, desperdicios humanos y sangre, todo revuelto en el espeso ambiente.

Wardley se inclinó hacia ella:

—¿Vas a estar bien? —le preguntó.

—¡Soy tu prisionera! —le recordó ella entre una arcada y otra. Wardley se enderezó.

—Cierto. Vamos entonces —le ordenó.

Jaló sus cadenas y Dinah lo siguió a lo largo de los escalones que subían en espiral, cada vez más alto en la torre. Agudos gritos de dolor hacían eco desde abajo del foso. Dinah tuvo que refrenar su urgencia de taparse los oídos con las manos. Wardley ajustó sus cadenas de manera que pudieran caminar más juntos.

—Torturan a los prisioneros sobre el suelo de la torre, pero las celdas más pequeñas se encuentran arriba —Wardley meneó la cabeza—. Los peores criminales son colocados en las celdas superiores, de manera que después de sus sesiones de tortura todavía deban arrastrarse a lo largo de toda la espiral para poder descansar. El ascenso es en sí mismo una forma de tortura.

Los ojos de Dinah miraron con lástima a un anciano en una de las celdas que pasaron, sentado sobre el suelo entre su propia porquería, lamiendo las húmedas y oscuras paredes. Dinah le dirigió una triste sonrisa por debajo de su capucha. Sin advertencia previa, el hombre saltó hacia ella desde el fondo de su celda y se las arregló para estrujar el borde de su capa. La arrastró violentamente hacia los barrotes, sacudiéndola hacia delante y atrás al mismo tiempo que la manoseaba.

—¡Los corazones, los corazones, amo mis corazones!

Dinah sintió su aliento fétido por todo su rostro al tiempo que debía contener otra oleada de náuseas insoportables. Wardley desenvainó su espada y la colocó sobre la muñeca del anciano.

—La dejarás ir o perderás este miembro hoy —le advirtió.

El prisionero se rió en la cara de Dinah.

—Pierde un miembro, pierde un miembro, todos perderemos miembros y cabezas hoy...

—¡Quizzer, deja ir a esa prisionera! —retumbó una voz detrás de ellos. El hombre dejó ir a Dinah con un movimiento final de su cabeza y volvió a la profundidad de su celda, susurrando:

—Te estaré observando, mi oscura reina, ¡por supuesto que sí!

Dinah dio un paso atrás, en shock. Ella y Wardley se voltearon. Un hombre muy gordo, más alto incluso que el rey, se alzaba ante ellos. Su uniforme de trébol, una blanca y delgada túnica sobre la que se hallaban colocadas una pechera gris y una capa de lana ajustada por un broche en forma de trébol, se tensó conforme el guardia se estiraba. Sobre la pechera el símbolo del trébol estaba circunscrito por una calavera. La princesa había visto este símbolo en sus libros una o dos veces: este hombre era un torturador. Dinah miró fijamente el suelo. Sintió un ligero escalofrío de miedo cuando Wardley jaló sus cadenas de nuevo.

—Gracias por tu ayuda. Debo llevar a esta desgraciada a la torre de las mujeres, pero seguramente tomamos un camino equivocado. Me disculpo.

Un grito de hombre destemplado se elevó desde las profundidades de la torre, seguido de varios gemidos y ruegos. Una lágrima brotó de los ojos de Dinah y dibujó una línea limpia a lo largo de su rostro. Sin advertencia alguna, el hombretón le atravesó la cara con un golpe brutal que le sacó todo el aire a Dinah, tirándola al suelo. Wardley quedó sobrecogido, sin saber cómo reaccionar.

—¿Quién te crees que eres tú para compadecerte por ese hombre? Ya ni siquiera es un hombre. Una vez que entras a las Torres Negras, te conviertes en parte de ellos. Perteneces a las Torres y a los Naipes de Tréboles. Eres la suciedad bajo nuestros pies, el desperdicio de nuestras letrinas, una esclava del árbol. No solloces por ese hombre, pues merece lo que le está ocurriendo. Sus gritos anuncian que está agradecido por la justicia del rey, agradecido por poder saldar su deuda con el País de las Maravillas. Pronto tus gritos dirán las mismas cosas.

Dinah se quedó mirando el suelo.

—¿A dónde dijiste que la llevabas, muchacho?

—A la torre de las mujeres. Soy nuevo. Acaban de transferirme de los Naipes de Corazones.

El hombre inhaló y luego escupió sobre el suelo.

—Pareces un Naipe de Corazones con esa cara bonita. Alégrate de haberlos dejado. No son más que un puñado de bastardos debiluchos e ignorantes que adoran alardear sobre su supuesta protección al rey. En lugar de eso se pasan los días vigilando puertas que conducen a cámaras vacías y observando a la familia real contar sus joyas.

En el suelo, Dinah lamió la sangre de sus labios mientras pensaba sobre el anillo que llevaba escondido en el bolsillo de su capa. "Contando", pensó.

—Bueno, por lo menos te has unido a un verdadero mazo de naipes —continuó diciendo el torturador mientras palmeaba a Wardley en la espalda—. Eres joven y fuerte. Te irá bien aquí, si aprendes a tolerar los gritos. Mi nombre es Yoous, y soy el jefe de tortura de esta torre.

Un bramido de pura agonía flotó hasta ellos. El guardia se recargó en la pared y cerró los ojos.

—Ah. Me deleito en los gritos. Ese sonido significa que la justicia ha sido aceptada, y que el País de las Maravillas está de nuevo en el camino del equilibrio y la armonía. Aprende a amar los gritos, muchacho.

Wardley asintió, pálido. Dinah mantuvo la cabeza reclinada en el suelo. El prisionero que la había aterrorizado la observaba desde su celda, lamiéndose los labios mientras repetía: "Mi reina…".

—Así qué, ¿a dónde llevo a este… este desperdicio de la sociedad? —preguntó Wardley, haciendo sonar las cadenas con fuerza.

El naipe resopló.

—Debes ser muy nuevo. ¿Erisend te envió?

Wardley levantó el labio superior en un gesto de desdén.

—¿Alguna vez hace algo Erisend?

El hombre dio una risotada y se mesó el bigote.

—Tienes mucha razón. No, nunca. Bueno, pues él debió decirte que no existe tal cosa como una torre de mujeres. Todos los prisioneros se alojan según su crimen, no su sexo. Esta es la colmena de los asesinos.

El naipe comenzó a rondar a Dinah.

—¿Eres una asesina, mi pequeña tarta de moras? ¿A quién mataste? ¿A tu amante? ¿A tus hijos? —le arrancó la capucha y acarició su gruesa trenza negra—. Cabello muy brillante para una plebeya. ¿Eras prostituta, acaso? ¿Quizá una de las prostitutas del rey?

Wardley se puso un dedo sobre la frente y lo frotó, como si quisiera acordarse de algo.

—Erisend dijo que debía encerrarla con... Feena Booker, sí, creo que ese es el nombre. ¿O Fina?

El naipe se alejó de Dinah con cautela.

—¿Faina Baker?

—¡Eso es! Faina —respondió Wardley, chasqueando los dedos.

—Faina Baker está condenada por alta traición. Se encuentra en la celda más alta de la séptima torre —el guardia miró a Dinah—. Eso te vuelve peor que cualquiera de los hombres de esta torre. Mantendré mi distancia —se inclinó hacia delante y acarició las mejillas de Dinah con los dedos—. Lo que les hacen en esa torre es peor que la muerte, peor que cualquiera de las torturas que practicamos aquí. Te compadezco, bonita.

Wardley jaloneó a Dinah y comenzaron a caminar de regreso a los escalones.

—No tomaría ese camino si fuera tú. Acabamos de destripar a un hombre ahí debajo, y no querrás llenarte las botas de sangre. Ve por la telaraña de hierro. Es mejor que te acostumbres a ella desde ahora. Los tréboles usamos la telaraña, pues de otra manera jamás veríamos la luz del sol.

Yoous comenzó a escarbarse los dientes con sus enormes dedos negros. Wardley dejó escapar un gruñido y comenzó a caminar hacia arriba de los escalones, arrastrando a Dinah tras él.

—Estás yendo para el otro lado. ¡Santos dioses! toma esta puerta —el guardia caminó entre dos celdas y un pasillo estrecho se reveló ante ellos. Conducía a una pequeña puerta de metal.

—¿Sin cerrojos? —preguntó Wardley, incrédulo.

Yoous se rió con ganas.

—¿De verdad piensas que un prisionero intentaría escaparse de las Torres Negras? ¿Sabiendo las torturas que les esperan cuando los atrapen? No, ninguno intenta escapar. Además, llegarían directamente a la telaraña de hierro, donde pululan docenas de naipes cumpliendo con sus obligaciones diarias. Eso o caer hacia su muerte. Ellos no tienen sueños de fuga. Sus mentes se hallan prisioneras de las torres en sí mismas —pasó la mano por la pared negra y gruesa, cubierta por una savia pegajosa—. ¿Conoces la leyenda de las Torres Negras, hijo?

Wardley la conocía y Dinah también, pero le pareció más fácil negar con la cabeza. Yoous se sentó en un banco decrépito, sus piernas abiertas con dirección a Dinah. Ella miró hacia otro lado.

—Dicen que las torres estaban aquí antes que ninguno de nosotros, antes de que el País de las Maravillas fuera un país, incluso antes de que llegaran las tribus yurkei. Estuvieron siempre aquí, enormes raíces negras, torcidas en espirales, exactamente siete. Cuando los yurkei llegaron a esta tierra, adoraron las torres y construyeron sus casas alrededor de ellas. El tiempo pasó, y las torres se hicieron más y más gruesas, hasta que eran un gigantesco árbol negro más fuerte que el acero, inmune al fuego y al hacha.

Tallamos las puertas donde hay huecos en las raíces. Los yurkei llamaban a las torres "Meis Yur" que significa "la vieja raíz". Ellos las adoraban como algo sagrado, pero cuando los primeros habitantes del País de las Maravillas llegaron, vieron la verdad: había algo siniestro en las torres, una presencia malvada. Te ponen enfermo, te vuelven loco, hacen que desees su savia. Conocen el resto de la historia. Eventualmente los habitantes del País de las Maravillas persiguieron a los yurkei hasta que los confinaron a las montañas de donde provenían y construyeron el palacio y sus dependencias. Las Torres Negras permanecieron como una advertencia para los ciudadanos del reino: si rompes la ley, entras a las torres. Los siglos pasaron y el primer mazo de Naipes de Tréboles construyó la telaraña de hierro.

—Pero si la madera no puede ser penetrada... —comenzó a decir Wardley.

—No, no puede serlo. Los pasillos de hierro están totalmente suspendidos en el aire. Fueron diseñados por Jackrey, el mejor arquitecto que ha tenido nunca el País de las Maravillas. Todos los pasillos se hallan conectados, pero de hecho ninguno toca las torres. Así es como los Tréboles vamos de una torre a la otra, de abajo arriba. A menos que estemos dentro, en cuyo caso probablemente nos encontremos cumpliendo... —miró a Dinah. Ella mantuvo los ojos bajos—... otros propósitos.

—¿Y nunca les ha preocupado que alguien pueda escapar?

Yoous se levantó y se estiró.

—¿Te sientes bien desde que llegaste aquí, muchacho? —preguntó.

Wardley se encogió de hombros, derrotado.

—Creo que no —respondió—. Me siento... inquieto.

—Esas son las torres. Está dentro de sus raíces, algún tipo de droga que embota los sentidos y confunde a la mente. La mayoría de los prisioneros están dementes, pero no llegaron en ese estado. Las raíces los han convertido —el guardia se irguió—. Basta de parloteos. Este prisionero necesita que le recuerden sus modales.

Comenzó a abrir el cerrojo de la celda de Quizzer. El diminuto hombre dio un aullido y se escurrió hasta lo más profundo de la celda, sus dedos escarbando en las tenebrosas paredes que rezumaban un líquido negro.

—¡Dame el árbol por la reina, dámelo! —gritó el prisionero.

Yoous lo tiró al suelo con poco esfuerzo.

—Estoy pensando que quizá uno o dos dedos te recordarán que no debes tocar a otros prisioneros.

Dinah sintió un escalofrío y, sin pensarlo, trató de aferrarse al hombro de Wardley, pero él fue más listo y se apartó de ella.

—¡No me toques! —le ordenó.

Yoous señaló a Dinah.

—No te apenes por él. Dentro de una semana lo envidiarás. La torre de la alta traición contiene lo peor. Perder unos cuantos dedos no es nada comparado con lo que te espera. Ahora váyanse, necesito llevarlo abajo —el guardia puso a Quizzer de pie—. ¡Váyanse! —gritó.

Wardley no necesitó que se lo dijeran otra vez. Jaló la cadena de Dinah hacia la puerta.

—Eh, gracias —dijo al guardia, incapaz de esconder sus buenos modales. Todo lo que recibió en respuesta fue un grito pavoroso.

Fuera de las Torres Negras se hallaba lo más cercano al cielo que Dinah había experimentado nunca. El aire soplaba frío y fresco en su rostro, y podía respirar sin temor a sentir náuseas. Había un hueco de dos pies entre la puerta y el pasillo de hierro. Wardley le ayudó a pasar por encima. Eso estaba bien, pensó Dinah, pues seguramente habría caído si él no la hubiera estado sosteniendo. Caminar sobre la telaraña de hierro era una experiencia tan increíble y aterrorizante como se lo había imaginado desde el balcón de su habitación todos estos años. El hierro se enroscaba alrededor de las torres, dando distintas vueltas y formando pasadizos que se dirigían a varias puertas colocadas en cada torre. Los pasadizos subían y bajaban alrededor de las torres en espirales que jamás las tocaban. Verdaderamente caminaban sobre el cielo. Dinah vagamente recordaba sus lecciones de infancia sobre la telaraña de hierro; estaba hecha de una sola pieza de metal, puesta en equilibrio perfecto alrededor de las torres.

Si Dinah miraba de reojo, podía ver todo el camino recorrido hasta la primera torre. Desde ahí observaba que la telaraña de hierro se hallaba cubierta de tréboles en sus uniformes blanquigrises, trabajando cada uno en sus asuntos. Parecían insectos, reptando de un lado a otro, moviéndose sin miedo cientos de metros por encima del suelo. Algunos llevaban papeles, otros montones apestosos de comida o cacharros humeantes. Todos tenían el mismo semblante sombrío y concentrado. Dinah y Wardley observaron con fascinación la facilidad con la que se desplazaban en el laberinto que formaban los hilos de la telaraña.

—Hemos estado aquí demasiado tiempo, y vamos a empezar a llamar la atención —dijo Wardley mientras guiaba a la princesa con cuidado por el puente que salía de la puerta de la torre—. ¡Apúrate! —le ordenó con decisión.

Caminaron tan rápido como podían. Pese a estar atados por medio de una cadena, comenzaron a recorrer una pasarela que se alzaba entre todas las torres. El suelo quedaba más y más lejos conforme seguían avanzando entre las torres: oscuras colmenas que zumbaban bajo el sol del invierno. Ellos caminaban en silencio. Varios naipes les dirigieron miradas extrañadas al pasar. Wardley comenzó a sudar, nervioso.

Estar fuera de las torres le daba a Dinah la oportunidad de verlas. La corteza negra era brillante en la superficie; relucía a la luz del sol. Diminutas estrías marcaban cada franja de corteza conforme ascendía al cielo, y el contorno de las raíces se elevaba tan alto que era difícil ver hasta dónde llegaba. "Entiendo por qué los yurkei adoraban al árbol", pensó. "Es en realidad una maravilla terrible y colosal". Ella además gozaba de una fantástica vista del palacio desde las pasarelas y se detuvo para observar sus aposentos.

—Casi llegamos —exclamó Wardley, trayéndola de regreso a la realidad—. Encontramos a Faina, obtenemos nuestras respuestas y después *nos va-mos*. Estoy empezando a sentirme mal con todo esto.

Dinah intentó sonreír.

—Siempre te sentiste mal con todo esto —le recordó.

—No sonrías —la regañó él—. No voy a terminar aquí porque tú no lograste borrar una tonta sonrisa de tu cara.

Lograron avanzar hasta la séptima torre. Ambos se detuvieron frente a la puerta: un ancho agujero en las raíces que alguien había rellenado con acero.

—Inhala tu última bocanada de aire limpio —susurró Dinah.

Inhalaron profundamente y luego Wardley empujó la puerta hasta abrirla. La séptima torre no apestaba tanto como la torre de los asesinos, y Dinah se sintió agradecida por eso. Sin embargo, había una sensación completamente diferente en esta oscura espiral; se sentía siniestra, como si hubieran puesto los pies dentro de las mismas profundidades del mal. La otra torre estaba llena de gritos y sangre, mientras que ésta se hallaba completamente en silencio. Había maldad en el aire, una desesperanza que permeaba cada bocanada de aire. Ellos habían entrado a la torre más cerca de la base esta vez, y una vez que sus ojos se acostumbraron a la poca luz, Dinah rápidamente ubicó una sombra que se alzaba tras ellos. Ella se encogió detrás de Wardley cuando la sombra dio un paso al frente.

—¿Qué los trae a la torre de la traición? —preguntó sin un atisbo de humor ni amabilidad. Dinah echó de menos a Yoous.

Wardley jaló bruscamente a Dinah hacia delante.

—Fuimos enviados por Yoous en la torre de los asesinos. Tenemos un asunto que tratar con la traidora Faina Baker. Mi prisionera está aquí para extraerle cierta información.

El naipe se acercó a la luz. Su uniforme lucía impoluto, muy distinto de las manos y ropas ennegrecidas de Yoous. Este guardia portaba el casco puntiagudo de los tréboles, y sus picos bajaban como púas sobre sus mejillas. Había una espada monstruosa atada a su espalda. Wardley, musculoso y atlético, de pronto parecía un niño desnutrido al lado de esta presencia formidable.

El guardia asintió.

—No eres la primera persona que intenta extraer información de Baker. Hubo otro a principios de esta semana, mi esmirriado amigo.

Wardley se aclaró la garganta.

—Sí. Eso se aclaró previamente con Erisend.

El hombre dio un gruñido y comenzó a andar hacia el medio de la espiral. Se volvió.

—¿Vienen? No tengo todo el día para juguetear con traidores y novatos sin modales.

Wardley y Dinah lo siguieron en silencio. Suspendida entre las raíces se hallaba una plataforma hecha del mismo hierro retorcido que la telaraña de hierro. Ninguno de sus lados tenía barandal, de modo que era completamente plana excepto por unos engranes y una palanca que se encontraban en medio. Wardley sostuvo las cadenas de Dinah con fuerza mientras saltaban a la plataforma. La plataforma se balanceó en el aire y Dinah tuvo que tomarse del hombro de Wardley para evitar caer al vacío.

—Pareces cercano a la prisionera —comentó el guardia—. ¿Estás mezclando trabajo y placer? No hay nada de malo en ello. Hay algunas chicas en la torre de los ladrones a las que visito cada semana. Primero se quejaron, pero ahora lo disfrutan. Les ayuda a apartar su mente de la tortura. No es que en esa torre torturen mucho, de todos modos. Sólo un dedo a la vez, algunos días. Pero ellas no necesitan dedos en las manos ni los pies para abrir las piernas, ¿verdad?

Dinah pudo observar cómo se ensombrecía el rostro de Wardley con la ira. Él trató de distraerse mirando al suelo de la torre, pero estaba vacío.

—¿No torturan a nadie aquí? —preguntó.

El guardia le dirigió una mirada de fastidio.

—¿Qué tanto conoces las torres? —sus ojos se convirtieron en rendijas—. Nunca he escuchado de ti.

Wardley le dirigió una mirada exasperada.

—Yo tampoco había escuchado de ti. Pero estoy seguro que Erisend estará feliz de saber lo que haces cada semana en la torre de los ladrones.

Dinah podía ver cómo crecía el escepticismo en los ojos del naipe mientras dirigía la mirada hacia ella y Wardley una y otra vez. Algo tenía que cambiar. Ella se lanzó sin pensar hacia el guardia, improvisando un gesto de locura. La plataforma dio una violenta sacudida. La princesa se las arregló para echar los brazos alrededor del cuello del naipe antes de que él la apartara con brutalidad. Ella voló por los aires, evitando el vacío por sólo unos centímetros. La plataforma se balanceó y crujió. Wardley sujetó las cadenas de Dinah y la obligó a hincarse sobre la plataforma. Del codo de la princesa manaba sangre, una mancha carmesí sobre el negro hierro.

—¡Contrólala! —ordenó el naipe a Wardley—. ¡Está loca! ¡Volcará la plataforma!

Wardley jaló a la princesa hacia arriba. Sus ojos se encontraron con los de ella, y Dinah pudo observar cómo el asombro se expresaba en su hermoso rostro. El hombre se puso a refunfuñar algo sobre prostitutas y naipes.

—Loca, justo como Faina Baker. Con un poco de suerte se matarán una a la otra y no tendremos que soportar este constante ir y venir de visitantes —dijo el Naipe a Wardley al tiempo que se tomaba de una cadena que colgaba a través de la plataforma—. Sujétate de algo sólido.

Dinah se encajó los dedos a la plataforma. Wardley mantuvo una mano en la cadena y otra en la empuñadura de su espada. El hombre se inclinó hacia la oxidada palanca, más gruesa que el brazo de Dinah. La plataforma dio una sacudida y de repente los tres se elevaban por encima de las raíces con un ruido de cadenas. El guardia utilizó su pie para levantar una palanca que se encontraba sobre el suelo. La plataforma se detuvo con violencia. Dinah volvió a sentir náuseas al atragantarse con su propia bilis debido al miedo.

—La celda de Faina es la 10/6 —exclamó el guardia, volviendo a mirar a Dinah—. Haz que sea rápido. Una vez que Cray libera a Faina de las raíces, ella sólo puede hablar por un corto tiempo antes de...

—¿Antes de qué? —preguntó Wardley mientras saltaba fuera de la plataforma, hacia las celdas.

—Ya lo verás. No quiero estropear la sorpresa. ¡Cray! Faina tiene visitas otra vez.

Un chico huesudo salió del fondo de un túnel, sus pies descalzos y negros. Un viejo broche de tréboles se hallaba prendido a su aún más vieja túnica. La tela estaba tan usada que Dinah podía contarle las costillas al muchacho a través de la túnica cuando respiraba. Él les dirigió una mueca desdentada antes de inclinarse frente a Dinah. A la princesa le acometió el pánico de pensar que estaba haciéndole una reverencia, pero después se dio cuenta de que tenía toda la atención puesta en sus botas.

—Elegantes botas tenemos aquí —dijo el chico—. Me parece que quizás podré hacerme con ellas antes o después, si no han sido robadas para entonces.

Ella miró su vestido de lana y sus botas cafés. Podían ser de poca calidad para sus estándares, pero en ese momento comprendió con vergüenza que las ropas que ella se había puesto para parecer pobre eran mucho mejores de lo que este chico había visto en su vida. Él se levantó y la miró con curiosidad.

—Sígueme, muchacha. No camines muy cerca de las celdas —soltó una risotada—. Por supuesto, llegarás a conocer estas celdas muy bien, así que no importa si tus compañeros de torre llegan a conocerte un poco mejor.

Wardley le dirigió una dura mirada al chico.

—Llévanos con Faina, Cray.

La espiral que los llevaba hacia arriba se fue estrechando hasta que Dinah sintió que simplemente caminaban en círculos. Mirar hacia abajo la hacía sentir mareada, pero mirar hacia arriba era aún peor. Conforme el techo puntiagudo de la torre se hallaba más y más cerca, la brillante madera comenzaba a frotarse con la capucha de Dinah. Cuando parecía que no podrían trepar más alto, Cray desapareció entre las paredes. Salió por una grieta y, levantando la cabeza, exclamó:

—¿Vienen?

Dinah se descubrió caminando dentro de la grieta, guiada sólo por las firmes manos de Wardley. Las raíces se enroscaban sobre su cabeza. Esta parte de la torre parecía ser la menos sólida de toda la estructura. Una vez cada tanto, un copo de nieve rosada encontraba la forma de colarse por entre las raíces. "Es tan hermoso", pensó Dinah mientras lo veía disolverse sobre el fondo negro, "una pequeña belleza en un lugar terrible". El olor no era tan penetrante como en otras partes de la torre, pues rayos de sol encontraban la forma de penetrar las gruesas paredes de madera.

Cray sacó un enorme anillo de llaves de algún lugar entre las paredes.

—Ella está aquí arriba. Sólo tengo que bajarla del árbol.

A diferencia de las celdas inferiores, ésta poseía una gruesa puerta de hierro, entretejida con aceitosas raíces negras. Una huella digital había sido impresa sobre el metal. Alguien había presionado con tanta fuerza y durante tanto tiempo que la huella había quedado grabada sobre la puerta. El estómago de la princesa se encogió y sus manos comenzaron a temblar tan fuerte que las cadenas comenzaron a tintinear. Cray se quedó mirando sus manos por un rato y luego se dirigió de nuevo hacia la puerta.

—Quédense junto a la entrada. Me toma algunos segundos desengancharla de la raíz.

CAPÍTULO 10

ra difícil saber qué estaban viendo exactamente entre las sombras. La celda de Faina estaba oscura, pero una vez que los ojos de Dinah se acostumbraron a la oscuridad, pudo entrever un lecho de piedra para dormir, una bacinica y una alfombra deshilachada sobre el suelo. De ahí la mirada de Dinah ascendió sobre la pared hasta la cara de Faina Baker, mientras luchaba contra el horror que amenazaba con apoderarse de ella.

Faina estaba sujeta a la pared, sostenida fuertemente por correas de cuero que envolvían su abdomen y pecho. Se retorcía, sus pies resbalaban en el fluido negro que goteaba desde arriba del árbol. Delgadas raíces negras reptaban fuera de las paredes y se introducían en la boca, los oídos y la nariz de Faina Baker. Alrededor de su cuerpo las negras raíces se entrelazaban y circundaban, moviéndose despacio, dejando una delgada baba negra conforme se estrechaban centímetro a centímetro. Dinah se aferró al brazo de Wardley cuando una de las raíces comenzó a arrastrarse por encima del rostro de Faina.

Los ojos de Faina yacían abiertos, congelados en pánico. Un gemido bajo salió de su boca repleta de raíces. Cray deambuló hacia ella y desamarró las correas de su torso, cuidando de no tocar las raíces que se retorcían por alcanzar las huesudas manos del guardia.

La boca de Wardley se retorció en un gesto de rabia.

—¿Qué le están haciendo? ¿Cómo pueden permitir esto? —dio un paso al frente, olvidándose de su papel. Dinah pudo ver cómo se alteraba, la mano fija en la empuñadura de la espada. Olvidarse de la caballerosidad y el honor no resultaba tarea fácil. Dinah jaló sus cadenas y de pronto él recordó dónde se encontraban. Cray dejó libre a Faina y ella cayó hacia delante. Las raíces comenzaron a retirarse de su cuerpo, nariz, boca y orejas con un sonido repugnante, succionador. Finalmente las raíces la dejaron ir. Faina Baker cayó como una muñeca de trapo sobre el inmundo suelo de la celda.

—¿La amarras a la torre? ¿Ese es el castigo por alta traición?

Cray le dirigió a Wardley una mueca desdentada.

—Así es. ¿Qué podría ser peor que estar sujeta a la misma fuente del veneno que corrompe a las torres? Las raíces se aferran a la piel y, como pueden ver, les encanta encontrar espacios abiertos por donde entrar. Eventualmente el veneno llega directo al cerebro. Les provoca alucinaciones y fiebres, y algunos dicen que incluso les otorga la habilidad de ver más allá de las torres. El futuro, el pasado y todo lo que ocurre entre ambos. Las raíces hacen que olvides quién eres, que olvides que eres humano. ¿Qué podría ser peor para estos criminales que perder la memoria de quiénes son?

Se puso a reír sin control y Dinah imaginó lo agradable que sería silenciarlo con el dorso de su mano. Había una delgada marca en la pared donde Faina había estado atada, mientras las raíces volvían perezosamente a su lugar.

—No se demoren —ordenó Cray.

Dinah se aproximó. Faina Baker era apenas un despojo de mujer. Sus brazos estaban delgados como palillos; gruesas venas grises se veían a través de la piel. Las raíces dejaban un rastro negro donde se habían aferrado a su rostro y torso, lo que la hacía parecer quemada. Lo que alguna vez habían sido unos hermosos ojos azules, estaban ahora hundidos dentro de dos negros pozos que los miraban desde una cara huesuda.

—Mis dioses —murmuró Wardley a Cray—. ¿Cómo puedes vivir contigo mismo?

Faina Baker era un esqueleto viviente. Su pelo, que alguna vez había sido del color de la miel, ahora era una maraña entreverada de blanco, sus labios oscuros debido a la sangre y las marcas de mordiscos. Faina Baker observó a Dinah desde el suelo mientras un hilillo de saliva escapaba de su boca e iba a parar a la desmañada alfombra. Comenzó a cantar con una hermosa voz, sus lágrimas confundiéndose con sus trinos, como un pájaro.

—Tienen unos cuantos minutos. Eso es todo.

Cray se dirigió a la puerta de la celda.

Wardley empujó a Dinah hacia delante mientras Cray cerraba la puerta a sus espaldas. "Podría quedarme atrapada aquí para siempre", pensó Dinah en un momento de pánico, "jamás debí haber venido". Se arrodilló frente a Faina en los desperdicios de la celda. La mujer permanecía echada entre la suciedad; con sus dedos dibujaba corazones en el lodo.

—Hola Faina, mi nombre es Dinah. No creo que nos hayamos conocido antes, pero de alguna forma creo que tú tienes información para mí.

Faina pasó sus ennegrecidos dedos por la cara de Dinah, dejando un rastro de mugre. Sus ojos vacíos miraron a través de la princesa.

—Te conozco —murmuró—. La reina, la reina. Tú no eres la reina, todavía no. Mantén tu cabeza en su lugar.

—Soy yo. Recibí una nota que decía que viniera aquí a encontrarte, a hablar contigo. ¿Quién eres?

Faina parpadeó un par de veces y miró directamente a Dinah. Un momento de claridad iluminó sus ojos a la vez que las negras marcas dejadas por las raíces sobre su piel se desvanecían ligeramente. Alargó el brazo y estrujó con fuerza los dedos de Dinah.

—Ella no es quien tú piensas, es una buena chica, sé piadosa, por favor... a la que llamas la duquesa...

"¿Victoria?", el corazón de Dinah se detuvo de pronto al pensarlo, "¿esto tiene que ver con Victoria?"

—¿Estás hablando de Victoria? —preguntó.

—Él vino de noche. Con su maligno corcel y muchos hombres. Estaba buscando algo, buscando el amarillo y el azul, buscando algo que jamás volverá a tener, algo que sólo tuvo una vez —su voz se elevó en un cántico—. Rubia, rubia como el sol sobre la costa era ella... —sus ojos se abrieron—. La corona equivocada le espera. Las cuerdas se enredarán alrededor de sus brazos, y ella bailará, oh, claro que bailará por su cabeza, las cuerdas alrededor de sus muñecas cual raíces. Espirales de sangre, espirales de sangre...

Lo que decía la mujer no tenía ningún sentido. Le recordaba a Dinah las conversaciones con Charles. Tomó la mano de Faina entre la suyas.

—Por favor, trata de no hablar con acertijos. Necesito que recuerdes lo que sabes —le pidió.

Faina parpadeó.

—¿Has visto a mi bebé? —preguntó—. Estaba aquí, dentro de mí. Ahora no hay nada más que el negro, las raíces. Ellas me muestran cosas. Sé cosas. Ella encontrará la muerte bajo el corazón, atrapada bajo el corcel maligno, igual que yo. El palacio de la historia de él la quebrará.

—¡Está loca! —susurró Wardley.

Faina levantó la cabeza para mirar a Wardley y se lamió los labios.

—Tú debes haber estado loco —le dijo—, o no habrías llegado hasta aquí.

Dinah empujó a Faina hacia la plataforma que le servía como cama.

—¿Qué es lo que sabes? —le preguntó—. Necesito que me digas. ¡*Piensa*! ¿Cómo llegaste hasta aquí?

El labio inferior de Faina comenzó a temblar y lágrimas negras que parecían de tinta empezaron a rodar por sus mejillas.

—No hicimos otra cosa que servir al País de las Maravillas durante toda nuestra vida. Recolectar ostras y almejas para el placer y la mesa del rey. He visto la belleza de un fiero atardecer sobre el mar occidental, de las conchitas sobre la mano abierta de mi bebé. Y luego todo se fue con el golpe de la hoja de plata. Todo por tu culpa. El lecho frío de la reina no servía para nada, pero ella se alzará, oh sí, ella se alzará como el sol, mi pequeño y perfecto sol... Ella llegará a poseer todo lo que tú deseas.

Faina se reclinó sobre Dinah, quien tuvo que aguantar la respiración debido a la oleada de náuseas que amenazaba con invadirla. Faina olía a algo imposible de describir, el olor de la torre en sí misma, un antiguo aroma de maldad, suciedad y muerte.

—¡Por favor, su alteza! ¡Por favor no permita que me amarren al árbol! La raíz me muestra cosas, cosas horripilantes y hermosas —comenzó a balbucear incoherencias.

—Eso es yurkei —dijo Wardley—. Está hablando yurkei.

Dinah trató de entender, pero todas sus lecciones resultaron inútiles. El yurkei que Faina estaba hablando era una rara mezcla entre sonidos y palabras al azar. El cuerpo de Faina dio una sacudida y luego otra. Dinah sostuvo con gentileza la cabeza de Faina entre sus manos conforme ella se hundía en la oscuridad.

—Lo sé —murmuró la princesa—. Sé que duele. Entiendo lo horrible que se siente no tener el control.

Recordó a Charles, cuya mente era un ente salvaje y desconocido, observaba siempre, pero jamás compartía lo que veía, intentaba, sí, pero le resultaba imposible establecer una conexión humana. Con un grito, las convulsiones de Faina cesaron y mantuvo su cabeza sobre el regazo de Dinah. Sus ojos azules brillaron con una nueva claridad; su voz no vaciló. La locura se había retirado, de momento.

—Tienes que irte —le susurró—. Cabalga al maligno. Y cuando llegue el momento, no abras la puerta marcada. ¡Por favor! —se aferró al brazo de la princesa, sus largas uñas encajándose en la piel—. ¡Por favor! No escuches a la sangre de los secretos.

—¿Qué quieres decir?

Dinah comenzó a escuchar el sonido de pies marchando debajo de ellos. Los naipes estaban cambiando de turno.

—Es momento de irnos, ahora mismo. ¡Tenemos que irnos! —insistió Wardley—. No tendremos tanta suerte con los guardias nocturnos patrullando.

Dinah se levantó.

—No podemos dejarla aquí. ¡La volverán a atar a la torre!

—¿Qué creías que pasaba en las torres? ¿Qué te dan té y pasteles? ¡Esa no es una decisión que tú puedas tomar! Ella es una prisionera y tú eres la princesa. Debemos irnos. ¡No vas a obtener más información de ella!

Él tenía razón. Faina se estaba arrastrando hacia el fondo de la celda. Wardley sacó una delgada daga de entre sus ropas, no más ancha que un dedo humano. La colocó en el suelo y la pateó hacia la mano de Faina.

—¿Qué estás haciendo? —le preguntó Dinah.

—Un acto de caridad —respondió él.

Jaló a Dinah hacia sus pies, pero ella se alejó de él y caminó hacia donde yacía Faina, a quien cubrió con su capa.

—Vendré por ti, lo haré —prometió.

Faina cerró los ojos.

—No en esta ocasión. Habrá un final sangriento para Faina, sin bebé en su regazo —miró a Dinah con el semblante satisfecho y en paz—. Ay, mi pobre reina. Tu corazón hará tambalear tu mano.

—¡Cray! —gritó Wardley, golpeando la puerta con su espada— ¡Abre esta celda ahora mismo!

Cray salió trotando de la oscuridad y abrió el cerrojo con una sonrisa.

—¿Lograron servirse de ella? Era muy hermosa cuando llegó, no tanto ahora que el árbol la reclamó para sí...

Wardley lo abofeteó con fuerza.

—Un verdadero hombre jamás toma por la fuerza.

Cray se quedó viendo a Wardley con temor y lo empujó para pasar.

—La volveré a atar ahora. Ven, Faina.

—¿No puedes dejarla en paz? —estalló Dinah.

—No. Tenemos órdenes del rey en persona de mantenerla atada desde el amanecer hasta el atardecer —fácilmente colocó a Faina contra la pared y volvió a atravesar la correa sobre su pecho. Las raíces comenzaron a alejarse de la pared—. Incluso yo pienso que es cruel. Lo más que había visto era que ataran a un prisionero una hora diaria. Y eso fue para el Renegado Gris.

El Renegado Gris había sido un asesino enviado por los yurkei para matar al rey. Casi lo consiguió, pero cometió el error de subestimar a Cheshire. Después de su fallido intento de envenenamiento, pasó un mes en las torres antes de (literalmente) perder la cabeza, que le fue enviada a los yurkei. Cray pellizcó las mejillas de Faina con sus dedos huesudos.

—Esta debe haber hecho algo más allá de lo horrible; tiene sentido cuando pienso en lo que decía cuando llegó.

Dinah se acercó a Cray.

—¿Y qué decía? —le preguntó.

—Depende de lo que pueda ofrecerme, su alteza.

Dinah retrocedió como si la hubieran golpeado en el pecho.

—Quizá haya sido criado en las torres, pero no soy ningún tonto —Cray pasó el brazo por encima del hombro de Dinah—. Había escuchado que la princesa era poco agraciada, pero debo decir que a mí no me lo parece. Creo que eres deslumbrante. Mira esa barbilla fuerte, esos ojos peligrosos.

Dinah escuchó el sonido metálico de la espada de Wardley. Cray sonrió mientras lo señalaba por encima del hombro de la princesa.

—Jamás saldrán de estas torres sin mí —canturreó—. El tiempo es crítico. La guardia nocturna está por comenzar su turno, y esos naipes son el doble de brutales y suspicaces. Descubrirán su coartada en segundos.

Dinah sujetó el anillo de amatista que llevaba en el bolsillo del vestido. La gema era del tamaño de un huevo de codorniz. Se lo mostró lentamente.

—Te daré esto si me revelas lo que decía Faina cuando llegó, y luego nos sacas vivos de aquí. También comprará tu silencio. Vale diez años de salario. Es lo suficiente para comprar una casa en la aldea.

Los ojos de Cray se iluminaron con los destellos que la gema imprimía en sus codiciosas pupilas.

—Sí, sí te lo diré, y me aseguraré de que salgas de la torre en una pieza. Pero debemos irnos ahora.

Leyó los pensamientos de Dinah antes de que ella pudiera formularlos.

—No podemos traerla con nosotros. Ya no hay esperanza para ella. Las raíces han envenenado su mente y su cuerpo. Ahora pertenece más al árbol que a este mundo. Además, todos los prisioneros merecen su justo castigo.

Antes de que Dinah pudiera discutir, Wardley la tomó por el codo y la arrastró hacia la salida. Cray azotó la puerta tras ellos y aseguró el cerrojo. Dinah miraba hacia la celda con tristeza al tiempo que Wardley la arrastraba por el pasillo. Faina la miró a los ojos y por un momento la princesa vio una mirada pacífica de terminación que atravesaba sus rasgos. Luego emitió un chillido de dolor y se rindió a las raíces que se retorcían para alcanzar su cara. Risotadas maniacas escaparon de su boca ensangrentada y los siguieron mientras corrían. Lágrimas frescas cubrieron la cara de Dinah mientras trataba de seguir a Wardley. Las cadenas todavía le sujetaban las muñecas y ella luchaba por mantener el equilibrio mientras seguían a Cray a través de los oscuros pasadizos.

—¿Cuál es la forma más rápida de llegar a la telaraña de hierro?

Cray señaló dos niveles abajo.

—¿Ves esa aldaba de hierro que cuelga de ahí? Entre esas dos celdas se encuentra una puerta hacia la telaraña.

Los pies de Dinah volaban conforme se deslizaban cada vez más abajo de las plataformas. Los prisioneros sacaban las manos por los barrotes de sus celdas para intentar atrapar a la princesa. Cray llegó hasta una cuerda deshilachada que colgaba en el suelo entre dos celdas.

—Sigan la cuerda hasta la telaraña de hierro. Una vez que lleguen ahí no podré ayudarlos. Tengo que regresar a la celda de Faina antes de que se den cuenta de que me fui.

Por el rabillo del ojo Dinah observó cómo Wardley desenvainaba su espada y, de un sólo giro, se colocaba a la espalda de Cray, el filo pegado a su cuello.

—Nos dirás lo que dijo Faina o morirás aquí mismo, y te aseguró que a nadie le va a interesar cómo fue que un cobarde mentecato perdió toda su sangre.

Cray dio un chillido.

—No dijo mucho. Casi todo eran locuras sin sentido. Cuando llegó estaba amordazada, ¡vaya que sí! Una vez que le quitamos la mordaza, no dejaba de llorar y repetir: "¡Llevará una corona para conservar su cabeza! ¡Llevará una corona para conservar su cabeza!"

Cray comenzó a lloriquear sin control, pero muy alto. Demasiado alto. Wardley golpeó la sien derecha de Cray con la empuñadura de su espada y el muchacho cayó al suelo como un saco de huesos.

—Deja el anillo en su bolsillo. Esto es más seguro. Jamás querrá decirle a nadie que fue tan fácilmente derrotado dentro de su propia prisión o que dejó que lo sobornaran. Cobarde.

Wardley escupió a la cara de Cray y levantó el final de la cuerda. Afortunadamente Cray les había dicho la verdad: la cuerda conducía a una puerta semioculta que se abría al brillante cielo del País de las Maravillas. Moviéndose tan rápido como podían sin atraer la atención, Dinah y Wardley volvieron a recorrer las pasarelas hasta llegar de nuevo a la torre de los asesinos. Regresar al camino por el que habían venido les tomó más tiempo del esperado. Varias veces se equivocaron y estuvieron a punto de abrir puertas que conducían a otras torres, y al menos en una ocasión se dieron de frente contra el cielo abierto.

—Una trampa para quien intente escapar —murmuró Wardley conforme retrocedían desde el abismo—. No volvamos a tomar este camino.

Les tomó una hora hasta que finalmente fueron capaces de encontrar el sendero correcto a través del laberinto y lograron entrar por una puerta baja a la torre de los asesinos. El olor volvió a sobrepasar los sentidos de Dinah. Pero esta vez no tuvo tiempo de tener arcadas. Ellos corrían, ahora espiral arriba, hacia donde la puerta olvidada conducía a la alberca de hielo. Podían escuchar los pasos de los naipes que subían tras ellos. El próximo turno estaba llegando y, si no se apuraban, tendrían que darle explicaciones a todo un mazo de guardias. Dinah pensó en la corona que llevaba en la bolsa. La portaría si era necesario.

—¡Ahí! ¡Ahí está la puerta! —gritó Wardley conforme pasaban frente a las celdas. La mano de un prisionero se aferró al vestido de Dinah y la hizo caer. Después comenzó a arrastrarla hacia la celda. Dinah pateó con fuerza la mano con los tacones de sus botas y liberó su vestido justo cuando el prisionero comenzaba a gritar. Estaban casi en la puerta cuando Wardley se detuvo bruscamente y saltó hacia un lado, hacia una grieta en la pared, jalando a Dinah con él. Esto no era la entrada a otra habitación, sino una cámara muy angosta donde se guardaban cadenas y grilletes. Ambos amigos cabían apenas, y Dinah se descubrió de pronto de cara a la pared con el cuerpo de Wardley cubriéndola.

—Yoous —susurró Wardley a su oído—. No nos vio. Hubiera acabado con nosotros. Ni siquiera respires.

Su advertencia no importaba. Dinah no hubiera podido respirar aunque quisiera. Una de las negras raíces, habiendo percibido la presencia humana, estaba enroscándose alrededor de su torso, su pecho y su rostro. Algo en el árbol la paralizaba. Sólo pudo sentir con horror cómo la delicada raíz se introducía en su boca, asfixiándola. Una segunda raíz comenzó a intentar meterse a sus fosas nasales. Ella quería pedir ayuda a Wardley, pero no podía. Dinah era parte del árbol ahora, y lo sería para siempre. Las visiones comenzaron a invadir su mente: visiones de cabezas decapitadas, cráneos blancos, humo azul, madera quemándose, hongos vibrantes y sangre. Luego empezó a caer, caer hacia delante, caer hacia la oscuridad que era tibia y confortable. El brazo fuerte de Wardley la sostuvo conforme seguía cayendo.

—Dinah. ¿Dinah?

La princesa abrió los ojos. Todavía estaba en las torres, todavía entre las celdas. Wardley sostenía una raíz rota en una de sus manos y su espada en la otra. Ambos vieron cómo la raíz se retorcía antes de convertirse en ceniza. Wardley se limpió la mano en la túnica con disgusto.

—El árbol... —murmuró Dinah.

—Te reclinaste contra él —la reprendió Wardley—, dejaste que tocara tu piel. ¿En qué estabas pensando?

Dinah sacudió la cabeza. Las visiones se habían ido, retirándose dentro de su cerebro, olvidadas.

—¿Yoous? —preguntó mientras Wardley la sostenía.

—Pasó de largo. Estamos sólo un nivel más abajo de nuestra salida. ¿Puedes caminar?

Dinah puso un pie delante del otro.

—Estoy bien —anhelaba escapar de estas torres mortíferas y agobiantes—. Nunca debimos haber venido aquí. Lo siento, Wardley.

—Deberías sentirlo —respondió él.

Lograron llegar a la puerta sin mayores contratiempos, y Dinah se maravilló de lo bien oculta que parecía a simple vista, prácticamente indistinguible de las raíces que la rodeaban. Su salida esperaba por ellos. De la puerta entreabierta manaba un aire helado que contrastaba con la humedad calurosa de las torres. Dinah nunca había visto nada tan maravilloso. Lograron bajar por los dientes de piedra, los ojos de la princesa fijos en la mirada del esqueleto, para siempre observando las torres que lo habían mantenido prisionero, para siempre congelado. Ella podía estar segura de que ese recuerdo no la abandonaría jamás.

El pensamiento la llenó de terror conforme comenzaban a desplazarse hacia el castillo, deslizándose por el resbaloso túnel por el que habían gateado horas antes. Ella casi había olvidado la oscuridad y el frío, a Wardley guiándola por entre la luz rosada de las antorchas, una vuelta tras otra. En silencio se dirigieron al Gran Salón, de ahí al guardarropa. Sin una sola palabra. No fue hasta que Wardley comenzó a quitarle el vestido que Dinah parpadeó y se dio cuenta de dónde estaban... que estaban a salvo.

Sus labios temblaron.

—Wardley, lo siento mucho, yo no sabía...

—No, no sabías —respondió Wardley—. Pero traté de advertírtelo. Nadie puede advertirte nada, Dinah, nunca, porque tú eres la princesa y haces lo que se te da la gana. No eres distinta de tu padre en ese sentido.

Dinah rechinó los dientes.

—Eso no es cierto. ¿O sí?

—Claro que sí. Es obvio —dijo él mientras se sacaba el peto y lo guardaba dentro de su saco—. Estamos muy sucios. Límpiate la cara y las manos.

Le dio la espalda y Dinah supo que la conversación había terminado. Se retiró la mugre, mancha tras mancha, con una capa rojo brillante que se hallaba en el fondo de la habitación. Ese rojo le recordaba la boca ensangrentada de Faina y sus crípticas palabras. "Llevará la corona para conservar su cabeza". La lástima y la vergüenza invadieron a la princesa de forma tan intensa que comenzó a temblar al tiempo que se colocaba el fino camisón de seda y los lujosos zapatos enjoyados, totalmente perdida en sus pensamientos. Las torres eran una vergüenza para el País de las Maravillas, una mancha de sangre que provenía de las malignas raíces negras, y que durante siglos el linaje de los corazones había utilizado con fines malvados. No eran prisiones normales; eran instrumentos de tortura, de horror y maldad.

Mientras alzaba las manos para colocar la corona roja sobre su cabeza, reconoció por primera vez el sentimiento del deber. Ser reina significaba proteger a sus súbditos, incluso de las prácticas de la familia real. Las torres eran el secreto más terrible del País de las Maravillas, una monstruosidad que todo el reino veía, pero que nadie quería entender. Cuando fuera reina, las destruiría raíz a raíz.

Sus pensamientos fueron interrumpidos por Wardley, con el cabello despeinado y mugre escurriéndole por las mejillas. Dinah le hizo una reverencia.

—Perdóname por haberte pedido esto. No entendía de verdad lo que estaba pidiendo —ella se lamió el dedo y lo pasó por la mejilla de Wardley, limpiando la suciedad—. Nunca olvidaré lo que vi hoy.

Wardley sacudió la cabeza.

—Las torres son una monstruosidad. Toda mi vida había escuchado rumores e historias sobre ellas, pero ninguna se acerca a lo terrible que... —se detuvo, y Dinah pudo observar sus ojos anegados de lágrimas—. Debimos haber traído a Faina.

—No podíamos —respondió ella, simplemente—. No habríamos logrado salir a tiempo, y ellos hubieran descubierto que entramos a las torres.

La princesa estaba aprendiendo con rapidez que lo correcto y lo que debía ocurrir no necesariamente eran la misma cosa. Dinah escuchó un suave crujido tras la puerta. Los naipes seguramente estaban curiosos por saber qué ocurría dentro del guardarropa.

—Es el momento —dijo ella.

—Ya no tienes el anillo —comentó Wardley.

Dinah tomó el picaporte de la puerta del guardarropa, sabiendo que jamás volvería a ser la chica ingenua que había abierto esa puerta horas atrás.

Sus ojos eran oscuros cuando se volvió.

—Me encargaré de eso. En mis aposentos tengo un broche de zafiros que es del doble del tamaño —su rostro resplandecía con determinación. Escuchaba la respiración de Wardley tras ella, conforme abría y observaba la malvada mueca burlona en la cara de Roxs.

—Divirtiéndose, ¿no?

Dinah se aclaró la garganta y la sonrisa desapareció rápidamente del rostro del naipe.

CAPÍTULO 11

arris se ponía intratable cuando se empeñaba en que Dinah aprendiera algo.

—Llegas tarde, llegas tarde otra vez. Sigues llegando tarde.

Dinah, enojada, tiró los libros de la mesa con un manotazo. Éstos cayeron sonoramente a los pies de Harris.

—Hay cosas más importantes que hacer que sentarme aquí y repetir cientos de veces las maravillas del País de las Maravillas —le respondió mientras resoplaba y cruzaba los brazos—. Este reino se está cayendo a pedazos, y yo no me dedico a hacer otra cosa más que observar estampas y repetir rimas, como una niña pequeña.

Harris se acomodó los anteojos sobre el puente de la nariz.

—¿Qué te hace pensar que el reino se está cayendo a pedazos, majestad? La Dinastía de los Corazones nunca ha sido más fuerte. Los ciudadanos del País de las Maravillas aman a su rey, y...

Dinah lo interrumpió bruscamente.

—Ellos no lo aman. Le temen. Es diferente.

—El miedo no siempre es una mala cosa. Cuando seas reina, deberías aspirar a ambos, amor y temor. Estas son las cosas sobre las que deberías estar pensando, mi pequeña. Pronto serás coronada.

Dinah, ceñuda, le ayudó a su guardián a recoger los libros del suelo, y observó cómo el hombre se sentaba frente a ella, sus tupidas cejas temblando con entusiasmo irrefrenable.

—Dinah, ¿puedo decirte algo?

La princesa suspiró.

—Puedes.

—Parte de ser un buen soberano es la constante educación y refinamiento de la mente. El pasado debería regir cómo ejerces tu mandato. Aprende de los errores de tus predecesores, gana conocimiento de la historia de la Dinastía Real de Corazones, y entiende la esencia de tu tierra, y cómo llegó a ser lo que es. Ahora dime, ¿las maravillas del País de las Maravillas son...?

—La cortina del cielo, el árbol retorcido, el noveno mar, el palacio del País de las Maravillas y las montañas yurkei.

Harris volvió a sentarse, satisfecho.

—Esas te las sabes bien.

Dinah en efecto se las sabía. De hecho, había estado estudiando su tierra cada tarde antes de ir a la cama. En los dos meses que habían pasado desde su viaje al depravado sistema penitenciario del País de las Maravillas, Dinah había leído más que nunca, incluso hasta muy tarde por la noche. Haría lo que fuera para mantener lejos los sueños de las Torres Negras. Sin embargo, sin importar lo agotada que estuviera mentalmente, sus últimos pensamientos antes de dormir eran el rostro sombrío de Faina Baker como una raíz negra que se introducía en su boca. Más seguido de lo que le gustaría, sus sueños eran oscuros y retorcidos, no muy distintos de las torres, y ella se levantaba cubierta en sudor e inundada por el pánico, tapándose la boca con las manos.

Conforme su aprendizaje había aumentado, su paciencia con las lecciones y la vida cotidiana de palacio se había agotado por completo. De pronto ya no podía soportar las largas presentaciones, la formalidad de la corte, las rutinas ridículas y los protocolos que le tomaban más de la mitad del día. "Por el amor de los dioses", pensaba mientras le daba un sorbo a su té, "me toma dos horas tomar el desayuno y vestirme. Hay muchas cosas que podría hacer en ese tiempo".

Como si pudiera leerle los pensamientos, Harris comenzó a levantar los libros y alinearlos en los estantes que cubrían las paredes de los aposentos de Dinah.

—Veo que su majestad no está de humor para lecciones el día de hoy. ¿Estás segura de que nada te molesta? Últimamente has estado retraída, lo cual no es un comportamiento típicamente principesco, y menos si tu coronación es dentro de unas pocas semanas.

Dinah simplemente negó con la cabeza. No podía compartir con nadie lo que había visto. Esta clase de noticias seguramente matarían a Harris, quien había envejecido notablemente en los últimos años. Y pese a que ella confiaba en su nervioso tutor, también lo amaba, y no querría por nada del mundo hacerle pensar en cosas tan oscuras.

—Gracias, Harris. Sólo estoy cansada. Anhelo comenzar mi reinado.

—No desee eso demasiado pronto, su alteza. Una vez que comience, es muy posible que anhele sus días de infancia todavía más.

"Jamás volveré a tenerlos", pensó Dinah, "no ahora que sé lo que se oculta más allá del palacio". Dinah se levantó y sacudió su vestido a rayas blancas y marrones.

—Me parece que iré a visitar a Charles esta mañana. Por favor manda avisar a los sirvientes.

Harris comenzó a aplaudir.

—Me parece una idea brillante. Por favor envíe mis saludos a Lucy y Quintrell.

Dinah asintió, ausente, al tiempo que jugueteaba con el pequeño pájaro que adornaba su cabello. Emilia salió de detrás de ella y aseguró el broche en su lugar, a un lado de la cabeza de Dinah.

—Es un broche muy hermoso, su alteza.

Dinah ahogó un gruñido dentro de su garganta. Por mucho que intentara, jamás lograría tomar en serio su arreglo.

Caminó a paso rápido entre las dependencias del palacio. A donde quiera que fuese caminaba rápidamente en estos días, ahora que tenía dos naipes de corazones siguiendo cada uno de sus movimientos. "Así es como se siente ser una reina", se dijo a sí misma, "así que más me vale acostumbrarme". El clic-clac de las botas detrás de ella le recordó que jamás se hallaba verdaderamente sola.

Quintrell la esperaba afuera de la puerta de Charles.

—¡Mi reina! —la saludó con una reverencia.

—Aún no —respondió Dinah con una sonrisa—. ¿Cómo se encuentra hoy?

—Extrañamente melancólico —le respondió el sirviente, evitando a los naipes y atrayéndola dentro—. Esta última semana no ha sido él mismo. Se halla desesperado, y casi todo el tiempo Lucy lo ha visto sollozando en las esquinas o gritándole a las paredes. Parece fascinado con estrellas y sombras, aunque su trabajo se ha enfocado solamente en el concepto de las sombras, negro y con algunos toques de gris. Es duro para nosotros verlo así. Pese a esto ha ideado algunas de sus creaciones más bellas, me parece —el hombre dejó escapar un suspiro—. El Sombrerero Loco nunca ha sido tan brillante, pero nuestro Charles está extrañamente ausente.

Dinah apoyó una mano en el hombro del sirviente.

—Gracias por decírmelo. Agradezco mucho que mi hermano tenga sirvientes tan leales.

—Espere hasta ver lo que ha creado para vuestra coronación.

"Un mes", pensó Dinah, "tan sólo falta un mes para que yo gobierne al lado de mi padre".

Los aposentos de Charles estaban más desaliñados de lo normal. Dinah tuvo que vadear pilas de sombreros de varios pies de altura antes de poder llegar hasta la escalera donde Charles estaba sentado a medias, con una pierna virando hacia la nada y un diente en la palma de la mano.

—Hola, Charles. ¿Ese es tu diente?

Charles parpadeó varias veces, su ojo verde miró a su hermana, mientras que el azul permanecía fijo en el vacío. Su boca sangraba. Dinah limpió sus labios con la manga de su traje conforme él hacía muecas.

—Dos dientes son demasiados para morder.

Ella negó con la cabeza. Él se levantó y la miró a los ojos.

—¿Sabes lo que sollozan las montañas susurrantes? ¡Gritan por su libertad! Luego buenas noches, buenas noches, buenas noches, y todo el País de las Maravillas arderá.

Charles arrojó su diente y bajó las escaleras bailando delante de ella. Cuando llegó al suelo, su rostro pasó de la maravilla a la histeria.

—¡El diente! ¡Lo necesito, lo necesito! ¡Diente por diente! —comenzó a buscarlo bajo una pila de sombreros al tiempo que los hacía volar en todas direcciones.

—Está aquí, Charles.

Dinah había visto cómo el diente aterrizaba sobre un montón de plumas brillantes. Lo recogió y lo limpió con un trozo de seda color amarillo. Él se lo arrebató y puso el diente contra la luz.

—Marfil. Hueso. Textura negra sobre negra con dientes de distintos animales. Un sombrero para la manada. Un sombrero para... —emitió una risita— ¡Un guerrero! ¡Un hombre que lleve cabezas en una bolsa!

A continuación rodeó las manos de Dinah con las suyas, lo que la sorprendió un poco. Charles le permitía que lo tocara en contadas ocasiones, pero nunca la tocaba él a ella. Sus ojos disparejos observaron los suyos.

—Ven a ver. Ven a ver —susurró, repitiendo la frase una y otra vez.

El príncipe arrastró a su hermana bajo el laberinto de escaleras y entraron a una pequeña habitación donde usualmente se almacenaban botones, pero ahora el cuarto se hallaba vacío y limpio. Vacío, excepto por una corona.

Descansaba sobre un banco de madera, y la ventana abierta filtraba la luz justa para que brillara y reluciera bajo el sol. Dinah sintió el aire escapar de sus pulmones. Era magnífica, una obra de arte del orden más alto, distinta de todo lo que había visto. La gruesa base era de plata pulida, entrelazada con miles de diminutos diamantes blancos en forma de corazón. Ramas de árboles individuales se alzaban sobre cada uno de los corazones, retorciéndose en un segundo círculo que terminaba en la parte superior de la corona. Los detalles se volvían más increíbles conforme Dinah miraba con mayor atención. Las ramas, cuando se observaban de cerca, poseían el patrón de diminutos rostros, con sus bocas abiertas para gritar. Innumerables estrellas, tintineando con la luz, colgaban de delgadas bandas de plata entre las ramas. Los cuatro símbolos de los naipes conectaban las ramas de los lados de la corona con el centro, donde relucía un diamante en forma de corazón entrelazado con un pájaro. El corazón, podía observar Dinah, había sido cortado por mitad y reensamblado, de modo que quedara un poco ladeado.

La princesa se quedó sin habla. No sólo era diez veces mejor que su corona; era diez veces mejor que la corona de su padre. Nada como esto había sido fabricado jamás en el País de las Maravillas. Era la corona más deslumbrante que había visto, de verdad una combinación de arte y habilidad extraordinarias. Relucía con la luz del sol.

—Charles, no puedo aceptar esto. Es...

Ella miró a su hermano. Él estaba quieto, por una vez, observándola con tristeza. Ella le dio un beso en la frente, al que él replicó con una mueca.

—Gracias. La llevaré todos los días cuando sea la reina.

Su propia corona, una delgada tiara de rubíes, ahora le parecía triste y patética en comparación. Ella se estiró para tocar el diamante de corazón.

—¡No! —gritó Charles, arrojándose al suelo donde comenzó a convulsionar. Su cuerpo dio una sacudida y otra, sus piernas agitándose como las de un muñeco de trapo.

—Charles, respira. Charles, cálmate. No lo tocaré, no todavía.

Ella llamó a Lucy, pero Quintrell entró volando en la habitación. Su cara se transformó en miedo por el pequeño príncipe.

—Sostenlo fuerte. Toma, pon esto en su boca —indicó a Dinah mientras le daba un pedazo de madera—. No quiero que se muerda la lengua.

Dinah gentilmente colocó el trozo de madera entre los dientes del príncipe y lo sostuvo hasta que pasó el ataque.

—Lo tengo —dijo a Quintrell.

El criado le dirigió una cálida sonrisa.

—¿Qué piensas de tu corona?

Dinah volteó a verla. No era menos hermosa vista desde abajo.

—No puedo creer que haya hecho esto. Sabía que trabajaba con metal y joyas algunas veces, pero esto...

—Ha estado trabajando en ella por años —susurró Quintrell—. Él nunca quiso arruinar la sorpresa. El día que adorne tu cabeza será una jornada gloriosa para nosotros, para Charles, para el País de las Maravillas. Tengo fe en que serás una reina magnífica.

Dinah observó a su pequeño hermano, sus brazos desmañados sobre su regazo. "Dos niños rotos, pensó, "esperando por una madre que jamás iba a regresar". Ella miró los ojos de Charles y acomodó su cabello. Su cuerpo se relajó en los brazos de la princesa. Finalmente estaba quieto y en silencio.

—La corona debió ir en su cabeza —afirmó Dinah—. Si no estuviera trastornado, Charles habría sido el heredero, el Rey de Corazones.

Quintrell dejó caer su mano sobre el cabello de Dinah.

—No estaba destinado a ser, su alteza. ¿Quiere que tome al príncipe?

Dinah negó con la cabeza.

—No, me quedaré aquí. ¿Podrías traerme algunas almohadas?

La pequeña boca de Charles se abrió conforme sus ojos se cerraban por completo tras los pálidos párpados. Soñando con sombreros, imploró la princesa. Sombreros y árboles y tartas. Ella se acurrucó a su lado, el cabello grasoso de su hermano descansando sobre su hombro. Ellos descansaron juntos, hermano y hermana, Charles finalmente dormido luego de su violento ataque y Dinah observando la corona maravillada, mirando cómo la luz cambiaba y jugaba con el fabuloso trabajo de artesanía. Se quedó con él por algunas horas hasta que Lucy entró en la habitación, arreglándose el delantal.

—Dinah, deberíamos poner a Charles a descansar. Quintrell puede cargarlo hasta su cama. Después de las convulsiones él suele dormir durante dos días enteros. Es el mayor tiempo que logra conciliar el sueño, así que aprovechamos para ordenar sus materiales y limpiar el taller —ella observó el pequeño cuarto, vacío—. Al menos no tenemos que limpiar este cuarto también, ya no.

Dinah cuidadosamente colocó a Charles sobre su cadera y dejó que Quintrell se lo llevara. Charles estaba tan delgado que Quintrell lo levantaba como a un niño pequeño.

—Vendré más tarde esta semana —prometió Dinah, volviendo a colocarse los zapatos. Se inclinó sobre Charles y besó su cabeza, disfrutando del olor a piel sin lavar, sol y telas.

—Vendré a verte pronto —le susurró.

Al tiempo que salía, dirigió una última mirada a la corona. Esta tarde el sol iluminaba con fuerza, y los rayos de la luz dorada del País de las Maravillas jugueteaban con el metal. "Vendré por ti", pensó la princesa.

Dinah comenzó a caminar a paso ligero por el pasillo de piedra que conducía a los apartamentos reales. Un pequeño y esponjoso pájaro blanco la seguía. Estas hermosas criaturas deambulaban a su aire por el castillo. Dinah se volvió y lo acunó entre sus manos. El pájaro pio con sorpresa y luego se acurrucó contra sus costillas. Dinah dejó que sus dedos acariciaran el plumaje del pajarito, jugando con sus suaves plumas mientras avanzaba. Su mente comenzó a vagar, recordando todo lo que Faina Baker había dicho y hecho. No era muy difícil. La princesa jamás olvidaría lo que había visto y escuchado en las Torres Negras. Jamás. Ni la belleza hundida de Faina, ni la huesuda apariencia de Cray, ni la perezosa brutalidad de Yoous. Wardley no había hablado con Dinah desde aquel día, y Dinah temía lo que pudiera decirle cuando por fin pudieran conversar. Seguramente estaba resentido con ella por haberlo arrastrado a ese sitio de pesadilla.

Su mente siguió repitiéndose una y otra vez las palabras de Faina. "Ella llevará la corona para conservar su cabeza". Obviamente se refería a Dinah. ¿Pero por qué podría perder la cabeza? Nadie se atrevería a asesinar a un miembro de la familia real, a menos que fuera un asesino yurkei o un familiar próximo en la línea de sucesión, pero su padre los había eliminado a todos.

"Él llegó sobre un corcel maligno, buscando algo que jamás volverá a poseer". Eso tampoco tenía sentido. Faina había hablado del mar, pero su padre había peleado con las tribus yurkei en el Este, junto a las montañas. Ahí era donde había concebido a Victoria. Y Cheshire, el susurrador de secretos, él estaba metido en esto también, y eso no sorprendía ni un poco a la princesa. Dinah siempre lo había temido, pero ahora tenía aún más razones para asegurarse de que sus primeros días como reina de corazones fueran los últimos de Cheshire como consejero del rey.

El pájaro volvió a piar y devolvió a Dinah a la realidad. Ella miró a su alrededor, sorprendida. Había estado vagando por un tiempo, perdida en sus pensamientos. Ahora estaba en el área del castillo que correspondía al rey, el ala oeste de los aposentos reales. Dinah muy rara vez se aventuraba en este sitio debido al pavor que sentía hacia su padre. Ella miró hacia atrás. Los Naipes de Corazones iban tras ella, aburridos por haber andado tanto tiempo sin rumbo. Ella comenzó a caminar de nuevo. "Que me sigan", pensó. "Después de todo, es su trabajo". La luz de fin de la tarde bañaba el castillo con un hermoso brillo dorado. Sus ojos se volvieron hacia una ventana de vitrales, del tamaño de una pared hecha con cientos de diminutos corazones. Cuando el sol sobresalía entre las nubes del cielo, el corazón parecía estar vivo, un órgano que latía con miles de partes móviles. Ella suspiró. El palacio era un lugar tan hermoso, tan antiguo. A veces se le olvidaba lo hermoso que era, lo mucho que lo amaba.

—¿Dinah?

El llamado fue tan suave que la hizo saltar. Ella dejó caer al pájaro, que le picoteó con molestia en la espinilla antes de emprender su camino hacia otro sitio del castillo. Victoria se hallaba tras ella, con un vestido color durazno envolviendo su delgada figura. Sus rizos rubios se hallaban peinados hacia un lado y adornados con un broche de rosa pálida. Sus dos doncellas flanqueaban ambos lados de la duquesa, como siempre. Ellas llevaban vestidos a juego, rayas rojas y blancas sobre fondos azules, como betún de pastel. Eran gemelas idénticas, hijas de una tal señora Dee, una imponente dama de la corte que gozaba del alto favor del rey, quizá demasiado alto, en opinión de Dinah.

Los ojos de Dinah se estrecharon.

—Ese era el broche de mi madre.

Victoria se llevó una delicada mano a la cabeza.

—Lo siento, yo no pretendía...

Palma, la más silenciosa de las dos gemelas, dio un paso al frente.

—Lo que lleve la duquesa no es de vuestra incumbencia —dijo al tiempo que soltaba una risita que provocó que Dinah rechinara los dientes—. No es como que te importe mucho la moda del País de las Maravillas. Tu madre tuvo mejor sentido de la moda del que tú tendrás jamás.

Nanda, la segunda de las doncellas y la más malvada, dejó escapar una risotada burlona.

—No culpes a la princesa, no es del todo su responsabilidad. Emilia no tiene el menor gusto para vestir a nadie, ni sabe cómo deben arreglarse las damas de la corte. Ella es de cuna plebeya, como todo el mundo sabe.

Dinah apretó las mandíbulas.

—No hables así de Emilia; ella es una sirvienta leal y una doncella más que apropiada. Requiero más de mis sirvientes que simplemente me vistan como un pájaro disecado.

Palma estrechó los ojos.

—Emilia no es tan leal como podría pensarse.

—Silencio, Palma —ordenó Nanda.

—Las dos guarden silencio ahora. Han olvidado su lugar —ordenó Victoria débilmente—. Vayan a mis aposentos y preparen té de cardo para la princesa y para mí. Ahora.

Palma y Nanda se inclinaron con desgana y escaparon hacia los aposentos de Victoria con pasos perfectamente sincronizados. Dinah colocó las manos a ambos lados de su cadera, sintiéndose de pronto desanimada.

—No deseo tomar el té. Te doy mi permiso para disfrutarlo con tus entrometidas y chismosas doncellas. Hasta luego.

Ella se dio la vuelta para retirarse.

—No, espera. Sólo una taza.

Dinah volteó y observó a su media hermana, la duquesa del País de las Maravillas. Ellas nunca habían estado juntas sin el rey, nunca desde el día en que Victoria había llegado al palacio. Dinah evitaba a Victoria a toda costa, y había asumido que Victoria hacía lo mismo. Nunca estaban programadas para coincidir en las mismas actividades, las mismas comidas o lecciones. Se había topado con ella ocasionalmente para los bailes reales, juegos de croquet y algunas de las otras diversiones tediosas del reino, como las juntas de consejo, pero afortunadamente eso sólo ocurría contadas veces al año. En esos eventos, Victoria se veía tan aburrida como Dinah, si bien un poco más temerosa. Ella siempre había sido delicada y adorable, lo que hacía sentir a la mucho más sólida Dinah como un torpe gigante a su lado, aún en este amplio corredor.

Victoria le hizo un gesto con la mano.

—Por favor, su alteza. Sólo una taza conmigo. Me disculpo por Nanda y Palma. Le prometo que la vista desde mi balcón es bastante pintoresca.

Una réplica grosera iba a surgir de los labios de Dinah, pero la contuvo. Quizá podría entender un poco más qué había querido decir Faina Baker si hablaba con Victoria. Ella obviamente tenía secretos que esconder. Los balbuceos de Faina seguían siendo oscuros y crípticos; permanecían como un rompecabezas sin resolver. La princesa tendría que ser creativa si pretendía descifrarlos.

—Está bien, tomaré una taza de té contigo.

Victoria dio un brinquito dentro de sus ropajes.

—Este pasillo es muy largo. Puedo guiarla si quiere.

—Sé perfectamente dónde se encuentran tus aposentos —le contestó Dinah—. Solían ser las habitaciones de mi madre.

Ambas caminaron en silencio, seguidas por la pesada marcha de los naipes de corazones.

—Hace un día precioso, ¿no es cierto? Estoy feliz de saber que la primavera por fin ha llegado —susurró Victoria.

—Prefiero el invierno —replicó Dinah, cortante—. Adoro el viento helado que viene del Todren.

Los rizos de Victoria vibraron al empujar la puerta de sus aposentos. El pasillo de piedra dio paso a una hermosa y luminosa habitación. Las ventanas de Victoria se abrían hacia el talud oeste, que eventualmente desembocaba en el mar. Varios pueblos dentro del País de las Maravillas podían observarse desde el balcón. Dinah se maravilló de lo distintas que eran las habitaciones de Victoria de las suyas. Los aposentos de Dinah se hallaban cubiertos de libros de piso a techo. Eran enormes y estaban decorados con tesoros antiguos, modelos de barcos, globos terráqueos, pero no podía decirse que fueran adorables, pues habían sido diseñados para un hombre, para el heredero que el rey había anhelado tener.

Las habitaciones de Victoria, en cambio, se definían en sí mismas como adorables. Eran aireadas y luminosas, muy distintas de como las había visto Dinah por última vez, con las colgaduras negras y los muebles cubiertos debido al luto. Ahora, tapices de color pastel decoraban las paredes, moviéndose suavemente con la brisa. Cada pieza de mobiliario había sido pintada con un pálido color azul, y la vajilla era una mezcla de tonos brillantes, hermosos. Un pavorreal blanco se paseaba orgulloso por la habitación, picoteando los pies de Dinah. Victoria lo levantó.

—Este es Grifo —dijo mientras acariciaba la cabeza del ave y sonreía—. Mi cuarto del té se encuentra aquí mismo, junto a la ventana.

La mesa para tomar el té era diminuta, advirtió Dinah. Apenas había espacio para sentarse frente a Victoria sin que sus codos chocasen. La duquesa debía tomar el té sola, pensó, agradecida de que su propia mesa tuviera espacio suficiente para Harris y Emilia. Palma y Nanda deambulaban alrededor de la mesa, observando cada uno de los movimientos de Dinah con sus cejas depiladas y sus rostros maquillados.

Victoria notó cómo Dinah frunció el ceño cuando Palma colocó una taza sobre la mesa.

—Creo que la princesa y yo tomaremos el té a solas. Déjennos.

—Pero, su alteza —respondió Palma—, siempre permanecemos junto a usted durante el té. ¿Qué pasará si necesita cualquier cosa?

—Está bien, Palma.

—Pero su alteza, ¿qué pasará si el agua se acaba o apetecen más tartas? ¿Cómo la escucharemos? Me parece que es mejor si nos quedamos.

Dinah podía observar por la interacción que Victoria gozaba de poco control sobre sus sirvientas. Más bien era al revés. Ella parecía temerles. A Dinah no le sorprendía. La familia Dee estaba compuesta de arribistas sociales sin escrúpulos, y su lealtad viraba con el viento.

Dinah chasqueó los dedos.

—Déjennos, ¡ahora! Si no escuchan a la duquesa, me escucharán ¡*a mí*!, su futura reina. Apúrense.

Palma se enfurruñó y abandonó la habitación con un sonoro suspiro.

—Lo siento, me protegen mucho —se disculpó Victoria.

—No es de mi incumbencia —replicó Dinah.

Hubo algunos momentos de silencio. Dinah miró su taza. Como el agua hirviendo había sido vertida sobre la flor lila, uno de sus pétalos se había desenroscado y flotaba sobre la superficie. Un delgado chorro de líquido rojo surgía del centro de la flor, lo que daba al agua un tono carmesí.

—¿Qué es esto? Nunca había visto esta flor antes.

Victoria llevó la taza a sus labios y sopló.

—Se llama cardo de sangre. Es una hierba salvaje que crece ahí fuera, en el talud oeste —ella señaló con la cabeza hacia la ventana—. Hace el té más delicioso.

Dinah llevó la taza a sus labios. "Por favor que no sea veneno", pensó mientras tomaba un sorbo. El té estaba exquisito; un fuerte sabor cítrico danzaba en la lengua para dejar paso a un regusto térreo.

—Es delicioso —coincidió Dinah a su pesar. Levantó la taza de nuevo con un gesto casual—. ¿Conoces a una mujer llamada Faina Baker?

Victoria se atragantó con el té y dejó caer su taza, que se quebró sobre el plato. Té color rojo sangre entintó el cuello de su vestido color durazno, el rojo penetrando profundamente en la tela de extremo a extremo. Victoria se disculpó de nuevo.

—Lo siento, soy tan torpe. Mis manos siempre tiemblan —comenzó a limpiar la mesa con su servilleta, auxiliada por Dinah—. No, no. Desconozco ese nombre. ¿Por qué me lo pregunta?

Dinah decidió ser audaz.

—Es sólo un nombre que escuché por ahí.

La piel de por sí pálida de Victoria se había vuelto del color del papel blanco, pero parecía haber recobrado la compostura.

—Es una pena. Rezo por todos aquellos prisioneros en las Torres Negras, especialmente las mujeres.

Dinah arqueó una ceja. Ella no había mencionado las torres, ni que Faina fuese una prisionera ahí. Victoria se había delatado. Detrás de Dinah una puerta se cerró con estruendo y Nanda abandonó la habitación. Obviamente había estado escuchando.

La princesa puso un poco de azúcar en su té.

—¿Podrías volver a decirme dónde creciste? No creo que hayamos hablado nunca después de que... —hizo una pausa— "llegaras" a nuestra puerta.

Victoria tomó aire. Su mirada se desvió hacia la izquierda.

—Nací al lado del árbol retorcido, en la base de las montañas yurkei, a principios de otoño. Su padre había acampado en nuestra aldea durante su gran batalla con las tribus yurkei, y conoció a mi madre. Cedieron ante la lujuria.

—Mientras él estaba aún casado con mi madre, la reina.

Victoria parpadeó.

—Sí. Lo siento, olvido eso algunas veces. No fue correcto que él le fuera infiel a vuestra madre. Creo que él simplemente buscaba un consuelo emocional en los brazos de mi madre, nada más.

—¿Y tu madre? —preguntó Dinah.

Los ojos de Victoria se llenaron de lágrimas.

—Era una mujer maravillosa. Su cuerpo correspondía a su naturaleza, suave y tierna. Para el momento en que fui traída aquí, a los trece años, mi madre llevaba mucho tiempo muerta —su voz se congeló en su garganta. Dinah esperó pacientemente a que continuara—. He sido tan felizmente bendecida por tener un padre amable y clemente, y tan agraciada por ser incluida dentro de la Dinastía de los Corazones. Aunque mi madre era plebeya, mi padre es un gran rey.

—En efecto —le hizo eco Dinah, con la mente acelerada—. ¿Extrañas las montañas yurkei?

—En ocasiones. Eran tan enormes, una sombra permanente sobre la aldea. Sin embargo, estoy muy contenta de encontrarme aquí ahora, en este magnífico palacio —su mano tembló—. Aunque, para ser honesta, puede llegar a ser muy solitario. Visito a vuestro hermano con frecuencia.

Dinah no pudo esconder su sorpresa. Quintrell y Lucy jamás le habían mencionado nada sobre las visitas de Victoria. Colocó la taza sobre la mesa con tanta fuerza que la salsera tintineó.

—No estaba al corriente de ello. ¿Qué razones podrías tener para visitar a mi hermano?

—Existe cierta inocencia en Charles que me tranquiliza. Está trastornado, pero también es auténtico —la duquesa miró por la ventana—. No se parece a nadie más dentro de este palacio. Charles no tiene motivos ocultos ni intrigas. Su mundo es uno de maravilla, algo que formar parte de la corte no siempre garantiza.

"Tú no eres de la familia real", pensó Dinah, "no en realidad".

—¿Extraña a su madre? —inquirió Victoria.

A Dinah le pareció que todo el aire había sido retirado de la habitación a la vez. Nunca nadie le preguntaba por su madre. Después de muerta, fue como si Davianna jamás hubiera existido. Sólo Harris la mencionaba de cuando en cuando. Dinah se vio imposibilitada de responder con amargura esta vez.

—Pienso acerca de su sonrisa. Pienso en la forma en que sonreía para sí misma cuando fabricaba sus zapatos enjoyados. Recuerdo cómo acostumbraba leernos historias, con distintas voces y acentos. Y cómo sostenía a Charles, de forma tan protectora, como si estuviera hecho de vidrio.

Las lágrimas se formaron en el rabillo de los ojos de Victoria, lo que despertó una furia salvaje en la princesa.

—¿Por qué tu interés en mi madre? Ella no era nadie para ti, y nunca supo de tu existencia. Deberías estar agradecida de que haya muerto, pues de otro modo jamás habrías sido aceptada en el palacio, con todas las gracias de parte del rey, simplemente porque sintió lástima por su hija bastarda.

Victoria se negó a responder a la provocación y cambió de tema.

—Entiendo cómo puede alterarla. Debe ser difícil para usted. No es justo —ella se levantó de su silla. Su mente estaba claramente en otro sitio conforme se aproximaba al balcón—. ¿Alguna vez ha estado fuera del palacio? Existe una belleza ahí fuera difícil de imaginar incluso en sueños.

—No deseo marcharme —replicó Dinah—. Esta es mi casa, mi reino, mi palacio. Debo permanecer aquí.

Victoria observó la habitación con ansiedad. Dinah volvió la cabeza. No había nadie ahí, ¿a quién estaba observando? La princesa volvió a mirar y se sorprendió de encontrar a Victoria a escasas pulgadas de su rostro. Ella empujó a Dinah más cerca. Sus labios casi se tocaban, y podía sentir el aliento de Victoria sobre su rostro.

—Debes irte. Vete. ¡Vete tan pronto como puedas! —susurró Victoria con urgencia—. Aquí ocurren cosas que jamás entenderías. Yo tampoco las entiendo, pero escucho los susurros.

—Entiendo que quieres mi corona —siseó Dinah—. ¿No es eso de lo que se trata?

Una mirada de confusión transformó el rostro de Victoria.

—¿Qué?

Ambas chicas se apartaron de un salto cuando un sonoro *crack* anunció que la puerta de la habitación se había abierto con violencia. El Rey de Corazones entró hecho una furia, ruborizado. Lo seguían seis Naipes de Corazones, Nanda y Palma.

—¡Dinah! —gritó—, ¿qué estás haciendo en los aposentos de Victoria?

—Estábamos tomando el té —respondió Dinah, sintiéndose de pronto muy pequeña.

—¿No se supone que tendrías que estar en tus lecciones ahora mismo?

Dinah se irguió, temblorosa. Sus piernas temblaban, como siempre que se hallaba en presencia de su padre. "Sé fuerte", se recordó, "serás reina muy pronto".

—Terminé mis lecciones pronto. Visité a Charles esta mañana. Aparentemente Victoria también ha ido a visitarlo. ¿Puedo preguntar cuándo fue la última vez que viste a tu hijo?

Su padre atravesó la habitación con una velocidad alarmante y su enorme mano atenazó el antebrazo de la princesa. Comenzó a pellizcarla y Dinah sintió cómo la piel le quemaba.

—¡Niña insolente! No asumas por un momento que tienes derecho a sermonearme sobre cómo lidiar con mi familia. Veré a tu hermano loco cuando el País de las Maravillas tenga un día perfecto y pacífico, sin necesidad de gobernante.

Dinah zafó su brazo de la mano del rey y lo encaró.

—Pronto tendrás mucho más tiempo entre manos, cuando presida el trono a tu lado. Veré que tus tardes sean mucho más relajadas.

Antes de que el rey le lanzara un puñetazo a la cara, Dinah alcanzó a observar un destello de orgullo en los ojos de su padre. Ella era más atrevida de lo que pensaba. Pero fue sólo por un momento, antes de que cayera al suelo con el lado derecho de su rostro insensible.

—Padre, ¡detente! —chilló Victoria, sus enormes ojos azules abiertos con horror.

El Rey de Corazones le dirigió una mirada asesina.

—Querida, por favor regresa a tu té. Nanda y Palma te ayudarán. Dinah, levántate y vuelve a tus aposentos. No tienes nada qué hacer aquí, además de distraer a Victoria de sus estudios. Es típico de ti servir como obstáculo a todas las cosas buenas —el rey levantó dos dedos y dos naipes se aproximaron. Se acercó a Dinah y la levantó del suelo con brusquedad—. Llévenselas.

Nanda y Palma escoltaron a la temblorosa Victoria de vuelta a su vestidor, susurrándole consuelos al oído. El rey apuntó hacia Dinah, quien había apartado a los guardias y se hallaba de pie.

—Estoy seguro de que la princesa tiene mucho que hacer antes de su coronación el próximo mes. Por favor asegúrense de colocarla bajo el cuidado de Harris, y recuérdenle que su tarea es mantenerla en orden —eso era una amenaza, notó Dinah, no una petición—. Odiaría que algo le ocurriera a Harris si no cumple con su trabajo de criar a la futura reina. Quizá alguno de mis hombres sea más adecuado para la tarea.

Los labios de Dinah se estremecieron.

—¡No! Me alejaré de Victoria como siempre he hecho. No siento deseos de estar en presencia de una bastarda.

Dinah esperaba sentir la mano del rey sobre su rostro de nuevo, pero en lugar de eso su padre rio con maldad.

—Tu fuego me impresiona, niña. Siempre lo ha hecho. Quédate en tu parte del castillo. Prepárate para la coronación. Te veré el día de la ejecución.

El rey se dio la vuelta, su larga capa rodeándolo, una mancha roja en las habitaciones suaves de Victoria. Dinah recobró la compostura y dio una última mirada fuera de las ventanas de la duquesa mientras los naipes la escoltaban hacia las puertas. El sol se estaba poniendo en el horizonte, y el cielo del País de las Maravillas era un listón de brillantes tonos naranja, sus líneas estrechándose hacia el horizonte. Rosas brillantes habían comenzado a florecer en el balcón, y afuera los últimos vestigios de luz rosa resplandecían en el cielo. Juntos, convertían el mundo en una mezcla increíble de fuego y luz.

Dinah suspiró conforme seguía a los Naipes. "No estoy más cerca de la verdad que antes", pensó, "pero al menos sé sin duda alguna que Victoria está conectada con Faina". En el cielo sobre su cabeza, estrellas plateadas pintadas tintineaban con la luz. "Es tan pacífico aquí", pensó, "una calma adorable para una hermosa mentirosa".

CAPÍTULO 12

La nieve rosada era ya un simple recuerdo un mes más tarde, cuando Dinah se erguía sobre el suelo fangoso esperando que comenzaran las ejecuciones. El Día de la Ejecución era una fiesta bianual en el País de las Maravillas. El patio de la corte se llenaba con miles de personas de la ciudad y miembros de la corte. Los naipes se organizaban en filas entre los pasillos con sus espadas como un sutil recordatorio para mantener la paz. Dos filas de espadas con sus uniformes negros separaban a los plebeyos de la nobleza. Pendones con corazones rojos colgaban de la plataforma y ondeaban con la brisa.

El Día de la Ejecución solía ser una de las festividades favoritas de Dinah; pero eso había sido antes de que fuera lo suficientemente mayor como para entenderla. Las leyes del país dictaban que ningún niño podía presenciar una ejecución antes de los diez años de edad. Hasta entonces, era un día perezoso lleno de regalos y celebraciones, un descanso de las constantes lecciones. Dinah y Wardley solían escabullirse de la cocina con un platón de tartas tibias, pegajosa mermelada en sus dedos, azúcar en su nariz, y atracarse hasta enfermar. Cuando ella cumplió diez años y su padre ordenó que comenzara a asistir a las ejecuciones, Dinah quedó en shock por días. Había perdido a su madre ese año; presenciar la muerte de forma tan vívida y real le había reportado muchas noches sin dormir y ataques de llanto constantes. No hubo más tartas, no más rastros de azúcar sobre las mejillas de Wardley.

Mientras más ejecuciones presenciaba, más duro se había vuelto su corazón. Ahora ya ni siquiera pestañeaba cuando las cabezas se separaban limpiamente de los hombros sobre la losa de porcelana, un hecho del que se sentía extrañamente orgullosa. Una reina debía tener un estómago fuerte para la justicia, pensaba. Dinah permaneció perfectamente quieta junto a Harris, su rostro impasible mientras su padre subía a la plataforma. Se hizo silencio entre la multitud al tiempo que todo el reino se inclinó ante su soberano, quien llevaba puesta su impenetrable armadura, lo que lo hacía parecer un oso, una fuerza de la naturaleza. Un corazón negro tallado en relieve sobre su gigantesca pechera de plata relucía en su pecho, así como su pesada corona de oro relucía sobre su cabeza a la luz del mediodía.

El rey subió las escaleras, pero no antes de que sus ojos se encontraran con los de Dinah. Hubo un extraño intercambio entre ellos; él le lanzó una sonrisa satisfecha y Dinah, confundida, le respondió con otra sonrisa. "Qué acaba de ocurrir", se mortificó ella. No podía recordar a su padre sonriéndole, nunca. Él ascendió por los peldaños, sus pisadas de hierro haciendo eco a lo largo y ancho del patio.

Los Naipes de Corazones se alineaban de manera desordenada al frente del escenario con sus espadas inclinadas sobre el pecho. Su padre comenzó el discurso acostumbrado, en el que declaraba la culpa de los prisioneros y el gran honor que conferían al País de las Maravillas al permitir que el reino tomar sus cabezas y liberar así del mal a los corazones más oscuros. Era un regalo para todos los habitantes del reino ofrecido por el rey. Los prisioneros habían sido escogidos especialmente por los naipes debido a sus terribles crímenes, su ausencia de remordimientos o su inutilidad. La mayoría eran asesinos, algunos eran ladrones y algunos eran mujeres que se vendían a los hombres por el más alto precio. Todos habían sido alojados en las Torres Negras. "Eso es castigo suficiente", pensó Dinah. "Mucho más terrible de lo que cualquiera de estas ingenuas personas puede imaginar".

El lote de hoy, anunció el rey, estaba conformado por catorce prisioneros, nueve hombres y cinco mujeres. Las listas para las decapitaciones tenían varios años de antigüedad, pues eran muchas las personas que se habían ganado tan dudoso honor. Dinah baileó nerviosamente conforme su padre leía hasta que sintió que Harris le encajaba el codo profundamente entre las costillas.

—Pequeña, ¡quédate quieta!

Ella enfocó su atención en Wardley, quien permanecía erguido al frente del estrado, junto con sus compañeros naipes de corazones. Su rizado cabello había sido peinado de tal modo que se le restiraba sobre la cabeza, cambio que Dinah lamentaba. Él lucía muy diferente, tan distinto del chico al que amaba y tan parecido al hombre en que iba convirtiéndose. Incluso ahora se destacaba por entre los otros naipes, con su fuerte mandíbula, apuntando hacia un lado y los ojos fijos en el rey. Era seguro y bien parecido, el tipo de hombre que podía liderar un ejército y destrozar los corazones de las mujeres al mismo tiempo.

Dinah observó su mano derecha y advirtió cómo sus dedos se cruzaban y entrecruzaban, un gesto que sólo hacía cuando estaba nervioso. Una sonrisa de adoración permeó sus labios. Algún día, anheló, él sería su rey y gobernaría a su lado. Fuertes y compasivos, gobernarían el País de las Maravillas hacia una nueva etapa, comenzando con la destrucción de las Torres Negras. Dinah cerró el puño. Raíz a raíz, se dijo. Así se haría. Wardley miró en su dirección y ella le lanzó una pequeña sonrisa, a la que su amigo respondió con un guiño. El corazón de la princesa brincó de felicidad.

El rey ya se hallaba sobre la plataforma, observando el océano, de rojo. Todo el mundo vestía de rojo el día de las ejecuciones. Dinah dedujo que la sangre no era tan impactante cuando todos estaban previamente cubiertos con el color carmín. Su padre se sentó en el enorme trono de hierro. Un Naipe de Tréboles se aproximó a él con un pergamino enrollado. Después de que el rey lo recogió, él asintió, y luego los dos observaron a la multitud. Su padre desenrolló el documento, y con una cadencia conocida comenzó a leer los nombres de los condenados. Cada prisionero iba siendo traído al frente cuando su nombre se leía; en grupo, tomaron su lugar a lo largo del bloque de mármol, las cabezas apoyadas sobre la piedra.

—Jasper Che-guffe. Robinson Thomas. Abbie Tibs. Gayleen Skinner. Earthe Hicket. Faina Baker.

La cabeza de Dinah comenzó a dar vueltas. "No, no, no..."

Su padre continuó leyendo los nombres, pero los ojos de la princesa ya sólo veían a la diminuta mujer rubia que estaba siendo arrastrada hacia el bloque. Sorprendentemente, se veía mucho mejor de como la habían visto en las torres; su sucio cabello rubio seguía estando inmundo y sus brazos se hallaban cubiertos de moretones, pero la locura se había retirado de sus ojos, y obviamente le habían estado dando de comer porque había subido un poco de peso. "La bajaron del árbol", pensó Dinah, "esa es la diferencia. La engordaron para que parezca una prisionera común a ojos del pueblo".

Faina forcejeó con su cadena, forzando a un Naipe de Tréboles a arrastrarla hacia el bloque. Su boca estaba destrozada, y no era para menos, pues le habían colocado una mordaza de metal alrededor de la cara y entre los labios. Ella luchaba en vano, intentando desesperadamente gritar, sus ojos fijos en la familia real. El naipe que la arrastraba dio un fuerte jalón a la cadena, y Faina cayó sobre sus rodillas frente al bloque. Dinah abrió y cerró los puños. Su cuerpo se sintió como si la hubieran sumergido en agua helada. Ella no podía apartar los ojos de Faina. ¿Qué podía hacer?

Faina emitió un sollozo ahogado e intentó gatear hacia el frente de la plataforma, donde la esperaban los Naipes de Corazones con las espadas a punto. Sus llorosos ojos se hallaban fijos en Dinah conforme los naipes la arrastraron de regreso al bloque de piedra. Un Naipe de Tréboles la jaló del cabello.

—¡Llena de energía! —se burló el rey, y la multitud le festejó la broma.

A través de la mordaza, débiles gritos podían escucharse. Dinah estaba invadida por el pánico. ¿Debería intentar detener la ceremonia? ¿Qué razones podía dar? Ella miró a Wardley. Su amigo se encontraba pálido y tembloroso, mirando a Faina mientras el guardia la abofeteaba y oprimía su cabeza sobre la piedra, dejando caer toda su fuerza sobre la mejilla de la mujer.

Dinah se aferró a la capa roja de Harris.

—Quisiera concederle clemencia a esa pequeña mujer.

Harris la volteó a ver, alarmado.

—¿Por qué? ¿La conoces?

Dinah meneó la cabeza.

—No. Mírala, Harris. ¿Te parece una criminal? ¿Alguien capaz de asesinar?

Harris negó con la cabeza.

—¿No escuchaste los cargos? Esa mujer mató a un escudero de los naipes en las torres la semana pasada, un muchacho.

"La daga. Oh dioses", pensó Dinah.

—Pero la lista de espera para las ejecuciones data de varios años atrás. ¿No es cierto? —preguntó, aterrada.

Harris rodeó la cintura de Dinah con su brazo y acercó sus labios al oído de la princesa.

—No alteres al rey, mi niña. La clemencia sólo puede concederse en el Día de la Ejecución, y no quieres que parezca que pretendes tomar tu trono más pronto de lo que corresponde. No hay nada que puedas hacer. Ella está en el bloque por asesinato, y no tengo ninguna duda de que su crimen fue terrible, pues de otro modo no estaría aquí. Sólo los peores criminales son ejecutados, y los tréboles deben tener muy buenas razones para concederle la muerte. Confía en la justicia del rey. Un día, cuando seas reina, podrás conceder clemencia a quien sea que tú elijas.

Dinah lo empujó, furiosa.

—Esto no es justicia —replicó.

Ella se sentía atrapada como un gato en una jaula mientras observaba el cabello de Faina caído sobre el mármol. Faina sollozaba y se atragantaba con su mordaza, y seguía lanzando los brazos al frente como si pretendiera abrazar a la multitud. La multitud murmuraba con aprobación. Amaban un buen *show*, y esta mujer loca, determinada a no morir, les estaba ofreciendo un magnífico espectáculo. Faina tenía la mirada de la bestia enloquecida; su desesperación era palpable y real. Dinah dio un paso hacia el rey, pero Harris la detuvo por el brazo.

—*No-lo-ha-gas*. Nos pones en riesgo.

Dinah se detuvo. Él tenía razón. Ella no podía arriesgarse a enfurecer al rey sabiendo tan próxima su coronación. Su padre observó su discusión con Harris por el rabillo del ojo. Levantó su espada en dirección a Dinah y luego señaló sutilmente a Faina. Fue un movimiento rápido, pero Dinah lo entendió al instante.

Este era su castigo. "Por los dioses, él lo sabía, lo sabía". Él sabía que habían estado en las Torres Negras, sabía que Dinah había hablado con Faina.

Faina se retorcía y luchaba con sus cadenas; sus ojos jamás abandonaron la primera fila. El rey levantó su espada y caminó entre la fila de prisioneros, hablando con cada uno y observando sus ojos. Se detuvo frente a Faina, le dijo algo al oído y continuó. Después de haber recorrido la fila de prisioneros caminó hacia el Naipe de Tréboles. La multitud se agitó. Este era el momento que habían estado esperando, y no había duda de que las apuestas habían corrido luego de que los prisioneros fueran puestos sobre el mármol. Apostar sobre la clemencia del rey era práctica común. El naipe dio un paso al frente y se aclaró la garganta.

—El rey, en toda su gloria y rectitud, ha decidido ofrecer clemencia en este día. Estos prisioneros han sido bendecidos, escogidos para ejemplificar la justicia del País de las Maravillas, las Torres Negras, los Naipes de Tréboles y la Dinastía de los Corazones. Debido a su naturaleza generosa, el rey escoge un prisionero cada Día de las Ejecuciones para mostrarle su clemencia. Este año, la clemencia de nuestro soberano se dirige a Robinson Thomas, condenado por robo.

Un clamor exultante se escuchó de parte de las personas que habían apostado por Thomas. Un hombre guapo y pelirrojo vestido con harapos fue liberado de sus cadenas y enviado fuera de la plataforma, pero no antes de que pudiese acercarse al rey y, sollozante, le besara las botas. Dinah sabía lo que le ocurriría; se le ofrecerían comida y baño, para después entrenarlo como Naipe de

Espadas, adiestrado para pelear y matar. Después de que Robinson abandonara la plataforma, la multitud comenzó a inquietarse.

—¡Que les corten la cabeza! —gritó una solitaria voz desde el fondo del patio.

—¡Que les corten la cabeza! —hizo eco la multitud, cada vez más y más fuerte, hasta que el suelo temblaba con sus gritos.

El rey caminó con su espada y el Naipe de Tréboles dio un paso al frente. Dinah cerró los ojos por un segundo, repitiéndose a sí misma que esto era lo que siempre ocurría durante el Día de la Ejecución. Que la vida era simplemente esto: un toma y daca, y que estos criminales merecían su sentencia. Ella no sería como los plebeyos que temían la caída del hacha, el reguero de sangre. Tampoco reaccionaría como las damas de la corte, quienes se tapaban los rostros con el pañuelo y suspiraban. Ella era la hija de su padre, quien no se escondía ante las consecuencias de la vida. La sangre era sólo sangre.

Pero cuando volvió a abrir los ojos, sólo pudo ver a Faina. La mujer había dejado de luchar y observaba a la multitud con calma mientras las lágrimas rodaban de sus ojos hacia el bloque de mármol. Ella había hecho las paces con su muerte. Los otros prisioneros no tanto, y la plataforma era un concierto de rezos y gritos. Dinah sintió las lágrimas acudir a sus ojos, y las despachó con un toque rápido de su capa roja. "Mi padre no verá mis lágrimas", pensó, "no voy a darle ese gusto en este día". La furia invadió su pecho, ardiente como el fuego.

El naipe levantó su espada y la primera cabeza rodó. Luego la segunda. Una tras otra hasta que la espada del verdugo llegó a Faina. La sangre escurría por la hoja en su pálido rostro, un lágrima negra mezclada con las suyas.

"Nunca lo sabré", pensó Dinah, "nunca sabré por qué me comí un pedazo de papel con su nombre. Ella no me dijo lo suficiente. Las torres se llevaron mis respuestas".

Faina sonrió a Dinah, y por un momento la princesa intuyó lo hermosa que había sido hace mucho tiempo. La hoja cayó con un siseo, y la cabeza de Faina se separó limpiamente de su cuello. Una cascada carmesí cubría el bloque donde había descansado su cabeza momentos antes. Dinah no tuvo tiempo a reaccionar por el movimiento a su derecha: Victoria había caído de cara al suelo justo al lado de Harris, aterrizando con un crujido.

Dinah observó en asombrado silencio hasta que se dio cuenta de lo que ocurría, y luego se arrodilló junto a la duquesa, intentando voltearla. Su cuerpo yacía inerte al lado de la princesa. La multitud jadeó. Aun cuando Victoria era ligera, su peso muerto casi era demasiado para Dinah, quien no obstante se las arregló para darle la vuelta y colocarla sobre su rodilla, mientras su otra pierna se hundía en el fango. Victoria se desparramaba ahora dramáticamente sobre su regazo, su vestido blanco haciendo olas sobre la princesa. Nanda y Palma daban vueltas alrededor como un par de pájaros tontos, hablando mucho sin hacer nada.

Dinah miró a la duquesa. La rabia la invadió por tenerla tan cerca, con sus pálidas mejillas sobre sus brazos. Aún así la aguantó por el bien de la imagen de la familia real, que no podía parecer fracturada a ojos del pueblo pese a que sus cimientos se tambalearan. El fango había cubierto la mitad del rostro de Victoria, que era color blanco porcelana. Sus labios, por lo general de un sutil color coral, se hallaban ensangrentados; era evidente que se los había estado mordiendo. Dinah recordó que Victoria nunca había asistido a un Día de la Ejecución. Siempre había alegado encontrarse indispuesta. Nunca había visto las cabezas rodar, un espectáculo que Dinah había presenciado muchas veces.

La princesa comenzó a notar movimiento por el rabillo del ojo: Wardley se estaba apresurando para auxiliar a Victoria, y el resto de los Naipes de Corazones lo seguían. Los espectadores, nobles y plebeyos, levantaban las manos en señal de preocupación por la duquesa, y la multitud observaba con mal disimulada fascinación. Era algo para verse, pensó la princesa, la hermosa rosa del País de las Maravillas sostenida por la oscura espina que sería reina.

Dinah abofeteó a Victoria un par de veces.

—Despierta, bastarda.

Los ojos azules de Victoria se abrieron con un parpadeo.

—¿Dinah? —preguntó, con un patético susurro—. Él prometió, lo prometió... —sus ojos se encontraron con los de la princesa—. Llevaré la corona para conservar su cabeza.

Luego volvió a desvanecerse. Dinah la reclinó sobre el fango, y de pronto todo el mundo estaba encima de ellas. Wardley alzó en sus brazos a Victoria, quien la acunó como a una niña y se la llevó de vuelta al castillo, seguido de Palma, Nanda y una docena de Naipes de Corazones.

Harris ayudó a Dinah a levantarse.

—Su majestad, lo que acaba de hacer sin duda fue generoso y valiente.

Harris parecía encantado con el gesto de Dinah hacia Victoria. Siempre había pretendido que fueran amigas, con tan pocos resultados, que ahora sólo se atrevía a sugerírselo a la princesa una vez al año más o menos. Dinah miró hacia abajo con asco. Su hermoso vestido rojo ahora lucía enlodado y lleno de pelos. Miró a su padre, quien la observaba. Sus ojos azules parecían traspasarla, y sintió una corriente de odio que la cubría desde la plataforma.

—¡Continuemos con las ejecuciones! —declaró el rey—. Sabrán disculpar a mi hija; es una gentil y delicada flor, que siempre piensa en los necesitados. Las mujeres por naturaleza poseen corazones débiles y sensibles, pero vuestro rey jamás cesará en su impartición de la justicia.

Los gritos entusiastas de la multitud cubrieron a Dinah mientras observaba cómo la espada caía una y otra vez sobre los prisioneros que quedaban, hasta que sólo quedaba un bloque de mármol ensangrentado y un cielo limpio que lo contemplaba. Ella quería cerrar los ojos, pero los mantuvo abiertos, abiertos hasta que el procedimiento terminó.

Después regresaría al palacio para el baile y el festín que acompañaban todo Día de la Ejecución. Comería pájaros rostizados aliñados con toda especia imaginable, bailaría con los solteros más codiciados de la nación bajo la mirada de su padre, e intentaría sonreír y parecer graciosa mientras los miembros de la corte trataban de ganar su futuro favor por medio de adulaciones. Habló sobre su inminente coronación, sobre la justicia del rey, sobre lo que las damas de la corte vestían ese mes, sobre los últimos sombreros de su hermano. Las conversaciones eran huecas, aburridas y fáciles de fingir; ella había aprendido hacía mucho cómo conversar con una habitación repleta sin pensarlo dos veces. Pero su mente nunca abandonó del todo el bloque ensangrentado al tiempo que su conciencia le susurraba que una mujer inocente había perdido la cabeza por su culpa.

Más tarde, esa misma tarde, cuando las fiestas habían terminado y todo estaba oscuro y en silencio, Dinah despidió a Emilia y a Harris y se ocultó bajo las mantas. Los violentos sollozos que profirió la dejaron exhausta y adormecida, de modo que se durmió rápidamente. Así sería durante las semanas siguientes; Dinah flotando en una niebla de pensamientos oscuros y tareas fútiles. Le ajustaron los ropajes de la coronación; la introdujeron en los procedimientos y el protocolo adecuados; la acompañaron diversas damas y naipes. Las joyas reales fueron enviadas a sus aposentos para que eligiera las que más le agradaran, y ella relegó esa obligación en Emilia. El sol se alzó y se puso, lo días desapareciendo en el cielo estrellado, y Dinah no lograba salir de su embotamiento.

La coronación se hallaba a la vuelta de la esquina, el día con el que había soñado toda su vida, pero Dinah se descubría cada momento más distante de todo y todos. Se sorprendía de que los momentos que se suponía debían ser los más emocionantes de su vida no le provocaran más que miedo e inquietud. Incluso cuando se probó su vestido de coronación, un ropaje monstruoso, blanco con rojo, y Harris aplaudió con ganas detrás de ella, Dinah se miró en el espejo y lo único que pudo ver fue el rostro de Faina Baker. Sus libros fueron empacados y devueltos a la real biblioteca; sus habitaciones también se preparaban para albergar a una reina.

Cada minuto del día estaba lleno con bailes y meriendas y juegos de croquet, pero Dinah no estaba contenta hasta no hundirse en las mantas por la noche, dentro de un sueño sin sueños ni pesadillas, sin sangre ni torres. Despertar, dormir, nada de eso importaba. En una semana sería reina, pero todo lo que Dinah podía sentir era el peso pétreo de la culpa oprimiéndole el pecho, más pesado cada día que pasaba. Ella se rendía agradecida al sueño, noche tras noche, con las estrellas sobre su cabeza.

CAPÍTULO 13

Dinah sintió una pluma sobre su cabello.

"No. No es una pluma", pensó, "¿un toque, un insecto?, ¿una mano?".

Dinah se levantó de la cama como un resorte, respirando pesadamente. Observó a su alrededor en su oscura habitación. No había nada, nada más que las cortinas ondeando con la helada brisa. Ella cerró los ojos y ahuyentó su miedo.

"Vuelve a dormir", se dijo. "No es nada".

Un escalofrío le recorrió la espina dorsal. Abrió los ojos otra vez. Otra vez, nada... nada más que una figura sin rostro con una capucha negra, de pie a su lado.

Dinah dejó escapar un terrible grito al tiempo que una mano se aferraba con violencia a su boca, negros guantes de piel sobre sus labios. Su corazón latía salvajemente en su pecho y podía sentir cómo sus miembros se tensaban con fuerza. Dinah luchó ferozmente, llevando las manos hacia atrás y las uñas al rostro del desconocido, pateándolo. Finalmente echó el cuerpo hacia delante, arrastrando a la persona sobre su espalda mientras ella yacía bocabajo sobre el lecho.

Lucharon y el extraño usó gran parte de su fuerza en mantener amordazada a Dinah. Ella gritaba a través de la palma abierta. La boca del extraño llegó hasta su oído y le susurró unas palabras.

—Silencio ahora. No grite. No emita ni un sonido. Confíe en que no estoy aquí para lastimarla, princesa. Debe confiar en mí; debe hacerlo, no hay tiempo para explicaciones. Podría haberle rebanado la garganta cinco veces y sin embargo no lo he hecho. Tampoco la he apuñalado mientras dormía. No estoy aquí para hacerle daño. Por favor, ¿podría guardar silencio?

Dinah asintió y dejó de luchar hasta que el extraño gentilmente dejó su cabeza sobre la almohada. La princesa se mordió el labio y lanzó un codazo a la cara del extraño, sintiendo cómo el hueso golpeaba la carne. El hombre emitió un rugido ahogado al tiempo que Dinah saltaba de la cama. Ella aterrizó en el suelo con fuerza bajo el lecho, de modo que el aire escapó de sus pulmones. Forzándose a respirar, frenéticamente se puso a buscar algo que sabía que estaba por ahí, que había ocultado hacía tiempo, hasta que sus manos finalmente hallaron una oxidada empuñadura.

Con un jadeo ahogado, Dinah saltó de debajo de la cama con una de las viejas espadas de prácticas de Wardley. Sentía el corazón tan acelerado que temió que fuera a explotar. Su boca se abría y se cerraba mientras intentaba hablar, por lo cual las palabras salían rápidas y confusas, interrumpidas por bocanadas de aire.

—¿Quién...? ¿Quién eres? ¡No te acerques más o te mataré! Dímelo ahora, te lo ordeno.

El extraño de negro negó con la cabeza. La voz se encontraba amortiguada por la capa. Obviamente le costaba ocultar su tono. Dinah no reconoció la voz que hablaba.

—No puedo decirle eso, no esta noche. Habrá un tiempo en que usted tendrá cada una de las respuestas que busca, lo prometo. Pero ahora necesito que me escuche y que me escuche con toda su atención. Fui yo quien la envió con Faina Baker.

Dinah sostuvo la espada apuntando al pecho del extraño. Negras estrellas comenzaron a nublarle la vista. Necesitaba respirar. La figura se movió en un amenazante círculo alrededor de la cama.

—No te acerques más —gruñó Dinah—. No vuelvas a tocarme.

La figura se detuvo, permitiendo que Dinah notara el temblor de sus manos a través de la empuñadura.

—Disculpe mi atrevimiento. Desearía que hubiera otra forma de decirle esto, pero no la hay. Su hermano ha muerto, princesa. El rey planea decirle al reino que usted lo mató, que lo asesinó porque usted temía que él usurpara la corona que había deseado desde siempre.

Dinah perdió todo control sobre su cuerpo. No tenía mente para procesar lo que pensaba ni cuerpo para sentirlo. Estaba paralizada. Sólo su lengua funcionaba.

—Estás mintiendo. ¡*Estás mintiendo*! —sus gritos resonaron entre la cámara vacía.

La figura permaneció inmóvil y en silencio.

—Lo siento, su majestad, pero es la devastadora realidad. De verdad me pesa tener que decírselo de este modo. Su hermano está muerto, pero usted vive. Permítame que insista: haga lo que le digo y podría vivir. Le he traído una bolsa llena de todo lo que podría necesitar. Llévesela y abandone el castillo. Váyase ahora mismo.

Dinah observó la bolsa de piel a los pies del extraño. Ella no podía procesar lo que estaba ocurriendo.

—¿Charles está muerto? ¿Bajo qué mano?

El extraño ignoró sus preguntas.

—No diga a nadie a dónde se dirige. Para proteger a sus sirvientes, deben permanecer ignorantes. Los dejé inconscientes a ambos. Duermen de forma ruidosa y segura en la habitación de al lado —el extraño caminó hacia Dinah. Estaba poniéndose nervioso—. Princesa, la veo de pie frente a mí cuando debería estarse moviendo. Puede irse o morir, esas son las opciones que hay. Su padre no esperará hasta el Día de la Ejecución para tomar su cabeza.

Dinah lo miró con incredulidad.

—¿Mi padre? Mi padre jamás nos haría daño a mí ni a Charles.

—Su ignorancia me impresiona, majestad. Su padre anhela asesinarla. No compartirá la corona con usted ni con nadie.

—Charles, mi hermano...

—Está muerto. Por la mano del rey —respondió la voz—. El Sombrerero Loco no cantará más. Después puede acongojarse por él, pero ahora debe actuar. Vamos adelante de los planes del rey para esta noche, pero no mucho, a lo más por una hora. Mi reina, es tiempo de que se marche.

El tiempo pareció detenerse mientras Dinah permanecía paralizada en la oscuridad. Bajó ligeramente la espada que sostenía. Olfateó el aroma de los árboles que llegaba a través de la ventana abierta y observó el chal de Emilia colocado sobre una silla. La luna del País de las Maravillas resplandecía a través del balcón, iluminando al extraño como si estuviera hecho de piedra.

—No puedo... no podré... se supone que seré la reina.

—Sin embargo, si no huye esta noche, morirá.

Algo en la cadencia de su voz la trajo de vuelta al presente. Dinah corrió al clóset, tomó su capa de lana más gruesa y las zapatillas favoritas de su madre. La capa de lana se abrochó con facilidad sobre la ropa de dormir de la princesa. Colocó la capucha sobre su cabello enredado y recogió la bolsa del suelo. Todas sus certezas se rompían conforme trataba de permanecer de pie; no podía pensar apropiadamente. Se amarró la espada oxidada de Wardley de modo que descansara sobre su hombro. El extraño permaneció inmóvil junto a la ventana.

—El tiempo corre, princesa. *Ticktock*. Debe irse.

Ella se agarró del marco de la puerta para mantener el equilibro y se dio cuenta que esta sería la última vez que vería sus habitaciones. Su voz tembló mientras las lágrimas llenaban sus ojos. Su hermano... ¿muerto? No podía ser.

—¿Cómo puedo confiar en ti? ¿Cómo puedo creer en lo que me dices?

La figura se volvió hacia el balcón.

—Si espera un momento más, no tendrá que preguntarlo. Hay muchas personas en este palacio con propósitos peligrosos. El mío era verla coronada. Pero hoy sólo quiero verla vivir. Rezo por que nos volvamos a ver —la figura señaló hacia la puerta—. ¡Ahora corra! Vaya en línea recta fuera del palacio. No se detenga por nada ni por nadie. Si alguien intenta detenerla, *mátelo*.

Dinah salió de la puerta con las lágrimas corriéndole por las mejillas. Los pasillos de piedra estaban totalmente oscuros a esas horas, iluminados sólo por algunas antorchas y la luz de la luna que se colaba a través de los vitrales. Dinah corrió a través de alcobas y escaleras, haciendo lo más que podía por silenciar los sollozos que le desgarraban el pecho. Pudo darse cuenta al instante de que algo faltaba, pues el lugar se hallaba extrañamente tranquilo. Normalmente los Naipes de Corazones hubieran patrullado cada uno de los corredores y escaleras, pero ahora sólo se veían puertas abiertas, y ningún naipe.

Conforme avanzaba por los sombríos pasillos, se le ocurrió a Dinah que el extraño le había dicho la verdad sobre algo. Las paredes se retorcían con tensión; flotaba un ambiente de inquietud en el aire. La princesa corrió a través de la oscuridad sin ver a nadie, vagamente consciente, apenas podía pensar hacia dónde se dirigía.

Sólo podía ver la cara de su hermano, sus ojos azules y verdes observándola con adoración. "Charles", pensó, "Charles".

Los pulmones le ardían por el esfuerzo de correr con la bolsa golpeándole la cadera y el peso de la espalda sobre sus hombros. Dio vuelta en una esquina y tuvo que detenerse de pronto al observar a dos Naipes de Espadas que, borrachos, caminaban por un corredor frente a ella. No había dónde esconderse, la princesa se hallaba justo en el centro de un largo pasillo. Dinah se paralizó, segura de que los guardias podrían escuchar su corazón golpeándole el pecho, su respiración agitada y el sonido de las lágrimas recorriendo su rostro.

Le pareció una eternidad lo que tuvo que aguardar, pero ellos siguieron de largo, concentrados en lo que sea que estuvieran charlando, el sonido de sus risas rebotaba por los corredores. De ahí en adelante, Dinah se repegó a las paredes, permaneciendo en las sombras mientras avanzaba por el palacio, sus mejillas acariciaban gruesas telarañas con escurridizas arañas entre ellas. Los aposentos de Charles se encontraban en el ala sudoeste del palacio. Dinah estaba sin aliento para cuando llegó al pasillo que conducía a las habitaciones de su hermano. Temblando, puso la bolsa en el suelo y se escondió tras una enorme estatua de Severo Ravier, el más grande Naipe de Tréboles que jamás había existido, muerto en batalla por los yurkei.

Se asomó a través de las piernas de la estatua. Había dos Naipes de Corazones haciendo guardia frente a la puerta abierta de Charles. El viento soplaba por los corredores, y la puerta se agitaba con la brisa. Ella se recargó en la estatua, su corazón latiendo acelerado por el pánico. "¿Qué haría Wardley en esta situación?", pensó, "los enviaría lejos de alguna forma, pero si trato de hacer eso, seré yo la que resulte herida". Dinah abrió la bolsa. Dentro se encontraban algunas ropas, hogazas de pan, y lo que parecía una selección azarosa de objetos. Meneó la cabeza. Había un extraño artefacto de metal al fondo del saco. Parecía algo así como un trinquete con ruedas, partes que se movían solas y un tubo de sifón. Serviría. Dinah cerró los ojos, rezó una plegaria en silencio y lo lanzó con todas sus fuerzas a través del corredor. Aterrizó con un fuerte sonido metálico que rebotó a lo largo y ancho de las paredes del palacio. Los Naipes de Corazones, bien entrenados, no dudaron ni un segundo; con las espadas desenvainadas se dirigieron a la fuente del sonido.

Dinah se puso la capa sobre la cabeza y se deslizó en silencio a través de la puerta y hacia los aposentos de Charles. Todo se hallaba en silencio. El cuarto era una extraña tumba; un monumento de escaleras, sombreros y mobiliario retorcido. Los animales pintados en las paredes observaban a Dinah, sus bocas para siempre abiertas en grotescas muecas y macabras sonrisas. La blanca luz de la luna caía por las ventanas abiertas, iluminando un brillante listón rojo a los pies de la princesa. El horror inundó sus venas conforme sus ojos siguieron el listón con la mirada dentro de un armario abierto cerca del frente de la habitación. Caminando despacio, esquivó las pilas de sombreros que se arremolinaban en sus tobillos. Abrió la puerta con cuidado, rogando al mismo tiempo por no encontrarse con la cabeza de Charles. En lugar de eso, lo que halló fueron los ojos abiertos y sin vida de Lucy, mirando directamente a Dinah con un río de sangre negra naciéndole por la garganta. Quintrell se encontraba desplomado sobre ella, con su daga al lado, en el suelo. Sus formidables músculos se veían como de piedra bajo la luz de la luna, arruinados sólo por los hilillos de sangre que los contaminaban. Su garganta también había sido cercenada, su pecho apuñalado. Dinah puso ambas manos sobre su boca y abrió la garganta para emitir un grito silencioso; se balanceaba de atrás hacia delante, luchando por ocultar sus ruidosos sollozos. Luego se irguió y cerró los ojos de los muertos con sus manos.

Escuchó la voz del extraño en su cabeza una y otra vez. "El tiempo corre, princesa. Ticktock. Debe irse". Ella levantó la cabeza.

—¿Charles? —susurró, aferrándose a la esperanza.

Sólo la oscuridad le respondió en forma del viento que aullaba desde la ventana próxima, abierta. "La ventana...", pensó. Su mirada localizó la escalera favorita de Charles, que se encontraba apoyada precisamente al borde de una ventana cuyo marco se azotaba contra el viento de forma violenta. "Por favor", pensó Dinah, "por los dioses, no". Se apresuró hacia la tambaleante escalera, repleta de sombreros de todos los colores. Comenzó a subir los precarios peldaños sin pensar. Sus pies apenas se sostenían sobre los bordes.

Cuando alcanzó el alféizar de la ventana, las costillas le dolían y tuvo que sujetarse el abdomen. Con cuidado, Dinah se asomó por el borde de la ventana, rogando por no ver nada más que el aire y la oscuridad que rodeaban el palacio. No había estrellas en el cielo esta noche; habían migrado al Norte. Quizá descansaran en la superficie del Todren como luces en esa masa de agua distante. Le tomó toda su fuerza de voluntad mirar hacia abajo, y cuando lo hizo, un hondo gemido escapó de sus labios. Bajo la ventana, quizá un centenar de metros, había una pendiente de piedra formada por los techos de las cocinas. Sobre la ancha plataforma de piedra se encontraba el cuerpo de Charles, desparramado en forma siniestra y extraña. Su espalda estaba doblada en un ángulo poco natural y su cabeza se inclinaba hacia el cielo totalmente oscuro.

Sus rasgos se distinguían por la luz del amanecer que se anunciaba. Sus ojos se hallaban abiertos, verde y azul, para siempre. Su boca se curvaba en media sonrisa hacia Dinah, y su pálido rostro no se había contaminado con la mancha oscura que crecía desde atrás de su cabeza.

Los sombreros descansaban junto con él; obviamente habían caído todos juntos. Desparramados sobre la losa se encontraban algunas de sus más grandiosas creaciones: un bombín de zafiro, un panameño verde musgo con bordados de pelo de león, sombreros hechos de seda rosa y plumas de pavorreal. Las piezas constituían un decorado apropiado para el funeral del Sombrerero Loco, para una vida violentamente perdida, agresivamente arrebatada. Un pájaro llegó flotando desde el firmamento y se apoyó en el hombro de Charles. El cadáver no se inmutó mientras el pájaro le picoteaba la piel. Dinah se volvió y vomitó en la escalera. Vació su estómago entre desgarradores sollozos y se desvaneció sobre el borde de un perchero que se encontraba atornillado a la pared. Todo se detuvo.

"Podría quedarme aquí", pensó y cerró los ojos. "Podría quedarme aquí y esperar a que me maten. Me reuniría con Charles y mi madre, Lucy y Quintrell, y estaríamos todos juntos. Debería quedarme".

Su corazón se estrujó con la pena, pero algo más, algo hambriento ascendía desde su estómago y destilaba su veneno; con deliciosa furia roja impregnaba cada uno de los miembros de la princesa. Esta rabia feroz la alarmó y la sedujo. Dinah se obligó a ponerse de pie. Volvió a mirar el rostro de su hermano. Posó la mirada en su sucio cabello rubio, en la forma como le caía sobre la frente, la manera en que sus dedos se curvaban, el color de su ojo verde. Haciendo el signo del corazón sobre su pecho, Dinah murmuró rápidas plegarias sobre el cuerpo roto de su hermano, rezando porque lo dioses lo recibieran en su reino celestial con amor y bondad.

—Es tiempo de que me marche —susurró la princesa al cadáver.

Un sollozo estrangulado emergió de su garganta cuando se dio cuenta de que ésta sería la última vez que vería su rostro.

—Te amo. Lo siento muchísimo.

Dinah se sentía como si la estuvieran partiendo en dos conforme descendía las escaleras. Se negaba a dejarlo solo en la oscuridad de la noche sin estrellas. Sollozando logró llegar al suelo, a la parte trasera de la recámara de Charles, donde comenzó a apartar de su camino los implementos de costura. La puerta de la pequeña habitación trasera se hallaba grotescamente abierta, con el cerrojo colgando de su sitio.

Otro sollozo se escapó de sus labios. La corona se había ido; la mesa yacía vacía. El regalo de su hermano le había sido arrebatado. Ahora no había ni siquiera una pequeña pieza de Charles que conservar, sólo su cuerpo destrozado sobre la losa de piedra de los tejados del castillo. La rabia invadió a Dinah conforme observaba la mesa vacía. Todo se había ido. Permaneció algunos segundos más en la oscuridad, deseando que su cuerpo fuera fuerte, deseando ser valiente. Se colocó la capucha de la capa sobre la cabeza y comenzó a andar en silencio hacia la puerta de entrada a los aposentos de su hermano. La abrió sólo unos centímetros sin hacer ruido. La silueta de los dos Naipes de Corazones, de espaldas a la princesa, se dibujaba bajo la luz de la luna.

—¿Crees que de verdad fue ella quien lo hizo? —le preguntó uno al otro, con el extraño cachivache de metal en la mano.

—No estoy seguro —respondió entre risas su compañero—. Tendría que ser un verdadero monstruo para matar a su propio hermano, ¿no? Aunque tal vez la presión por la coronación fue demasiada. ¿Qué crees que ocurra cuando el rey la despierte con la hoja de la espada sobre su cuello?

El primer guardia se encogió de hombros.

—Será decapitada. Eso o la enviarán a las Torres Negras, sin duda. Mientras yo tenga comida y una cama tibia al final del día, me importa un trasero de caballo si la princesa o la duquesa o el Sombrerero Loco se sientan en el trono.

—El Sombrerero Loco no lo hará, eso seguro. Qué lástima, nunca me alcanzó el dinero para poder comprarme uno de sus sombreros.

El otro guardia dejó escapar una risita.

—¿Qué te detiene ahora?

Las manos de Dinah temblaron al tiempo que desenvainaba la espada detrás de su espalda. Se deslizó de su vaina sin ruido. Ella recordó las lecciones de Wardley: "Sostén la espada con fuerza. Es parte de tu cuerpo, una extensión de tu fuerza, no una herramienta que usas. Balancéala con fuerza. Deja que tus emociones fluyan a través de la espada y no a través de tu mente".

La furia hambrienta que había sentido en la escalera le agudizaba la visión mientras caminaba en la oscuridad, tan cerca de los guardias que por un segundo sintieron el aliento de la princesa sobre sus nucas. Dinah dejó que la espada cortase tejido y hueso, clavándola con fuerza en la espalda del primer naipe. La sangre del guardia le salpicó el rostro. Estaba tibia y se mezcló con sus lágrimas.

Sacar la espada del cuerpo fue más difícil de lo que imaginaba y requirió de ambas manos. Ella jaló con fuerza y el cuerpo del naipe cayó hacia delante, muerto antes de llegar al suelo. El segundo naipe la miró aterrado. Dinah lo golpeó con la empuñadura de su espada sobre la sien, como había visto hacer a Wardley. El guardia cayó de rodillas y entonces la princesa le rebanó el pecho con la hoja de la espada. Un chorro de rojo surgió de la herida, mezclándose con el color escarlata de la túnica del naipe.

"Lo siento", pensó la princesa mientras observaba los cuerpos. "Siento mucho todo esto". Dinah recuperó la bolsa de detrás de la estatua y observó por un momento los aposentos de Charles. Las puertas de vidrio se agitaban con el viento sin dejar sospechar nada sobre la pesadilla que se ocultaba dentro de las habitaciones. "Adiós, Charles", se despidió en su mente. "Adiós, mi muy querido hermano". Ella miró los cuerpos, paralizada. Luego comenzó a correr. Corrió más rápido de lo que nunca en su vida había corrido, pasaba una tras otra las galerías del palacio, viraba en las esquinas sin pensar. Las piernas le dolían y los pulmones le quemaban, pero ella jamás vaciló. Debía salir del palacio. El amanecer comenzaba a anunciarse y una niebla pálida había empezado a filtrarse entre las ventanas del castillo. Abrió una puertecilla lateral y la princesa se escabulló por los aposentos de los criados, a través de la cocina, donde se topó con varios cocineros que preparaban el desayuno. La miraron con descarada confusión al tiempo que Dinah se abría camino y derribaba bandejas y platones.

—¿Su majestad? —la llamaron varios cocineros, pero ella no podía detenerse. La cocina desembocó en el patio. Ella abrió las puertas con un suspiro de alivio y salió. El cambio en la iluminación era tan extremo que a Dinah le tomó un minuto dejar que sus ojos se acostumbraran a la luz matinal. Se encontraba en los jardines emparrados que rodeaban al patio. Las rosas blancas que había plantado con su madre hace mucho tiempo comenzaban a florecer, sus pálidos capullos surgían de entre las hiedras. Dinah se enderezó y corrió hacia el patio. Se mantuvo cerca de las paredes, agradecida de que el emparrado la mantuviera a salvo de las miradas ajenas.

Al escuchar una serie de gritos, se detuvo y se ocultó tras un arbusto, elaboradamente podado en la forma de un pájaro dodo. Todo su cuerpo temblaba. Intentó asomar la cabeza de detrás del arbusto y rechinó los dientes. Ahí estaba su padre, marchando a través del patio con Cheshire a su lado, guiando a lo que parecía un ejército de Naipes de Corazones al interior del palacio. Su rostro estaba enrojecido, lleno de una cólera amenazadora.

—¡*Alto*!

Todos los naipes se detuvieron a la vez y Dinah sintió cómo el pulso se le aceleraba. ¿La había descubierto? El eco de la voz del Rey de Corazones hizo eco en el pavimento de mármol y se escuchó a través de todo el patio. Sus manos temblaban conforme aleccionaba a sus guardias.

—¡Obedezcan mis órdenes y encuentren a mi hija! Si ella intenta huir o pelear, utilicen toda la fuerza que sea necesaria para someterla. Y si eso le cuesta la vida, que así sea. Ella es culpable del asesinato de mi hijo inocente, de alta traición y de planear la eventual caída del País de las Maravillas. Será traída frente a la justicia este mismo día. ¡Tendré su cabeza para el atardecer!

Cheshire hizo una desagradable mueca, con su mano en la daga que solían llevar los Naipes de Diamantes. El rey desenvainó su espada.

—¡A los aposentos reales!

Los Naipes de Corazones marcharon de dos en dos hacia el castillo. Dinah comenzó a temblar sin control. Era verdad, todo era verdad. Su padre era un asesino. Había matado a su hermano, a Lucy y a Quintrell. "Tú mataste dos guardias", le recordó una vocecilla dentro de sí. "Tampoco eres tan distinta". Dinah se limpió el sudor de la frente. La verdad de su situación la apabullaba. No habría forma de hablar de esto, no habría manera de pedir la clemencia de su padre. Se había terminado. Ella no podría llevar la corona y no conservaría su cabeza si permanecía en ese lugar. El extraño había tenido razón: debía marcharse para nunca volver.

"Corre", se dijo a sí misma, a pesar de que sus pulmones resintieran la idea. No faltaba mucho para que su ventaja desapareciera en la brillante luz de la mañana. Ella siguió las paredes del patio, dirigiéndose hacia los establos reales. El emparrado se terminó y Dinah esperó hasta que no vio a nadie pasando por las cuadras. Manteniendo la cabeza baja, se internó por los laberintos del establo. Dio una y otra y otra vuelta, adentrándose en los círculos concéntricos de las cuadras. Los caballos resoplaban al verla, pues advertían su pánico y desorientación. "Casi ahí", pensó para darse ánimos. La cuadra que estaba buscando apareció ante sus ojos, y por primera vez Dinah pensó que quizá saldría de ese día con vida.

Resollando, desató su corcel y montó en Mancha. Alguien la esperaba. Un hombre se irguió ante ella con la espada desenvainada. La penumbra de las cuadras ocultaba sus rasgos. Dinah se desprendió de la capucha y levantó ambas manos en un gesto de rendición.

—¿Quién eres?

—¿Dinah? —susurró una voz.

—¿Wardley?

Ellos se apresuraron a abrazarse, cayendo uno en los brazos del otro. Dinah se aferró a él con desesperación. Wardley besó su frente y su cabeza, y luego puso sus manos sobre las mejillas de la princesa.

—¿Estás herida? ¿Qué está pasando, Dinah? ¿Qué fue lo que pasó?

Dinah dejó que todos los sollozos que se había aguantado desde que vio el cuerpo roto de Charles explotaran a la vez.

—¡Charles, Charles está muerto, Wardley! Alguien lo empujó desde su ventana —ella enterró la cara en la túnica de Wardley—. Yo lo vi, su pequeño rostro, su cuello, su cabeza. A Lucy y a Quintrell les cortaron la garganta, ¡con una espada de corazones!, estoy segura. Y maté a dos Naipes de Corazones cuando intentaba escapar.

Wardley la empujó y la miró con incredulidad.

—¡¿Pero quién... cómo?!

—Mi padre. ¿Un asesino contratado por él? No sé lo que está ocurriendo.

—¿Pero por qué, por qué tu propio padre mataría a su hijo? ¿Qué clase de padre asesinaría a *su propio* hijo? —los ojos de Wardley se abrieron con incredulidad.

—¡No lo sé! La clase de padre que no quiere compartir el trono. Él mató a Charles para poder culparme. El País de las Maravillas jamás aceptaría a una fratricida como reina. Mi padre quiere mi corona, Wardley. Creo que nunca fue su intención coronarme.

Ella negó con la cabeza mientras Wardley la forzaba a tomar un poco de agua de su cantimplora, por lo que acabó con la cara salpicada. Su voz se elevó en un grito histérico.

—No lo sé, no entiendo lo que está pasando. Un extraño me despertó y me dijo que me fuera, pero yo no quise escucharlo, fui hasta los aposentos de Charles para saber y... luego escuché a mi padre. *Lo vi*. Ordenó a los Naipes de Corazones que me arresten, que me maten si es necesario.

Dinah sintió cómo todo le daba vueltas.

Wardley asintió.

—Yo también escuché. Me las arreglé para escabullirme de detrás de la marcha. Fuimos despertados por el rey en persona, se nos ordenó que estuviéramos presentes en tu arresto y juicio esta mañana, se nos ordenó que te capturásemos o te matáramos.

Dinah dio un paso hacia atrás.

—¿Qué estás diciendo? —miró la espada de Wardley—. ¿Tú no eres...?

Wardley la miró con exasperación.

—No puedes hablar en serio, Dinah. Dinah —él la tomó entre sus brazos y murmuró entre sus cabellos—, eres mi hermana. Mi mejor amiga. Mi reina. No morirás el día de hoy, no bajo mi vigilancia. Pero debes irte. Una vez que tu padre descubra que te has marchado, este será el primer lugar que querrá vigilar. Nos matará a ambos. Dinah, ¡*debes irte ahora*!

Dinah asintió y se apartó de Wardley con desgana. Vio cómo las lágrimas acudían a los ojos de su amigo. Se aferró a la rienda de Mancha con las manos temblorosas.

—¡No!

Wardley tomó el brazo de la princesa y de pronto la alejó del laberinto de cuadras, cada vez más profundo en el establo. Su agarre era firme; ella no podría haberse soltado de su mano.

—¿Qué estás haciendo, Wardley? ¡*Detente*! ¡*Tengo que irme*!

Wardley continuó jaloneándola por los establos.

—No puedes llevarte a Mancha. ¿Adónde irás?

—¡Mancha es mi caballo!

—No serás capaz de burlar a los Naipes de Corazones con Mancha, ni siquiera si les llevaras un día de ventaja. Mancha difícilmente puede soportar un trote por la tarde. ¡Está viejo, Dinah!

—Entonces déjame a Corning. Siempre has dicho que es el caballo más veloz del país.

—Y lo es —murmuró Wardley conforme pasaban por establo tras establo de caballos inquietos—, pero incluso con Corning no estoy seguro...

Lo interrumpió un sonido de trompetas que venía del palacio. El sonido los paralizó a ambos. La sangre se le heló a Dinah y la princesa se paralizó.

—Vienen por mí —susurró—. Esto se acabó.

Los ojos de Wardley se estrecharon.

—No. Hoy no. No morirás hoy, Dinah. Morirás con una corona sobre tu cabeza, rodeada de súbditos que se arrodillarán ante ti.

Empujó a la princesa hacia el centro del laberinto, a todo correr. Una puerta de hierro fundido, del doble de las otras puertas de los establos, se alzaba ante ellos. La cadena que la mantenía cerrada era tan gruesa como el brazo de un hombre. Pero Wardley tenía las llaves, pues había sido mozo de cuadras durante muchos años.

Dinah sintió todo su cuerpo temblar.

—*No. No. ¡No!* No puedo. Definitivamente no.

—Debes hacerlo —dijo Wardley con autoridad. La decisión estaba tomada—. Debes hacerlo. Los pezuñacuernos son mucho más rápidos que ningún otro caballo. Fácilmente rebasarán a un corcel normal y pueden correr por días sin cansarse.

—¡Sí, y pueden matar a una persona porque no es su amo o porque amanecieron de malas ese día!

A Dinah le aterrorizaban los pezuñacuernos. Wardley terminó de abrir la puerta, dejando al descubierto a los tres ejemplares: dos blancos y la enorme bestia negra. Morte, el corcel del rey. "Él cabalgaba en una maligna montura". Las criaturas se replegaron al fondo del establo, pifiando con enojo, golpeando el suelo hasta que comenzó a agrietarse y romperse con su formidable fuerza. Morte se adelantó a las otras dos bestias, una figura colosal de relucientes músculos negros, más dragón que caballo. Sus pezuñas eran más grandes que la cabeza de Dinah y se hallaban cubiertas de púas perfectas para destrozar cabezas, rodillas o troncos.

El conocimiento que la princesa poseía sobre los pezuñacuernos le vino a la cabeza. No sólo se trataba de monturas leales; eran criaturas sedientas de sangre, guerreros por derecho propio. En su frenesí de batalla, un pezuñacuerno podía cobrar él solo la vida de cuarenta hombres. Había una pintura de Morte en el estudio de su padre, levantándose sobre un guerrero yurkei, las cabezas de sus víctimas bajo sus pezuñas mientras el soberano empuñaba la espada de corazones. "Este es el animal que Wardley pretende que monte", se dijo la princesa.

—No —rogó con desesperación—, debe haber un lugar donde pueda ocultarme. Quizá entre el heno, o entre las vigas del techo.

Wardley la tomó con violencia y la levantó del suelo con las manos a ambos lados de su cintura. Morte se había resguardado en una esquina y resoplaba furioso, vapor hirviente saliendo de sus hollares mientras sus ojos negros miraban en derredor con confusión. El vapor podía escaldarte la piel.

—Shhh... shhh... tranquilo —Wardley se acercó a Morte despacio, todavía sosteniendo a Dinah entre sus brazos. Los ojos del animal se concentraban, hostiles, en Dinah. Ella podía escuchar movimiento fuera de los establos ahora, el retumbar de las botas y las armaduras, los gritos de la gente del pueblo.

—Demonios, Dinah, *Vete ahora*. Móntalo. ¡Ya, *ahora mismo*!

Las manos de la princesa temblaron al tiempo que Wardley la levantaba por encima de él, sus manos sobre los fuertes hombros de su amigo. Con mucha fuerza él la enclavó sobre la grupa de Morte, de modo que la princesa casi cayó del otro lado. Morte gruñó y se dirigió a la puerta del establo. Dinah chilló. Estaba montada sobre su lomo, un océano de relucientes huesos y músculos negros. Era demasiado ancho, del doble de anchura que Mancha. Las piernas de Dinah no podían abarcarlo.

—¿Cómo lo...?

—Cabalga sobre su cuello, no en su lomo.

Ella se aupó hacia delante y colocó ambas piernas alrededor del cuello de Morte. Él la amenazó con sus afilados y blancos dientes. Reparó dos veces y la princesa se aferró con desesperación a su cuello para mantener el equilibrio.

—Está muy inquieto. Tu padre lo ha mantenido encerrado por años. Huirá contigo.

Wardley le lanzó la bolsa a Dinah. Dinah se puso las correas sobre los hombros. El ruido de afuera creció en intensidad. Los naipes inundaban el establo; les tomaría pocos minutos llegar hasta donde se encontraban ellos.

—¡Ven conmigo! —le pidió Dinah.

—No puedo irme —respondió Wardley, evitando su mirada—. Aún no. Alguien tiene que proteger a tu gente mientras te marchas. ¿Qué va a pasar con Harris? ¿Y con Emilia?

Dinah sintió cómo la invadían las dudas.

—No creo que pueda hacer esto sin ti.

Morte reparó otra vez. Wardley se estiró y tomó la barbilla de Dinah. Apenas pudo alcanzarla debido a la formidable estatura del pezuñacuerno.

—Te encontraré. Dirígete hacia el Bosque Retorcido. Deberás encontrar un escondite ahí. Te lo prometo Dinah, te encontraré. Tienes mi palabra.

Morte levantó las patas delanteras y una de sus púas estuvo cerca de rasguñar el rostro de Wardley. Dinah miró a su amigo. No parecía temeroso. Creía en ella. Esto la hizo sentir más fuerte, si bien por sólo unos segundos.

—Wardley, yo...

—¡*Apuñálame*!

—¿*Queeeeeé*?

Wardley le ofreció su espada, decorada con un pomo de rubíes.

—Llévate ésta, déjame la oxidada a mí. Ahora, apuñálame en el hombro —le ordenó al tiempo que señalaba su antebrazo—. Apresúrate. Por los dioses, Dinah, ¡no lo pienses! ¡*Apuñálame*!

Con un grito, Dinah llevó la punta de su espada al antebrazo de Wardley y la hundió ahí, sintiendo el músculo desgarrarse. Sangre escarlata cubrió a Wardley, al chico que ella amaba, regándose en el suelo y sobre su mano. Wardley dejó escapar un grito agonizante de dolor.

—Arrrrgghhhhh.... ¡Dinah, no tenías que hacerlo tan bien!

Él se tambaleó fuera de la puerta y comenzó a abrir un portón tras otro con su mano sana. Dinah escuchó voces fuera del primer círculo de los establos. Los naipes estaban entrando. Estaban atrapados. Ella moriría dentro de los establos, y también Wardley. Aquí entre el heno maloliente, con los aromas de la bosta y la paja

amontonada. Morte casi danzaba ahora, sus pezuñas arriba y abajo, excitado por la sangre de Wardley. Dinah observó a Wardley
abrir tantas puertas como podía. Se dijo a sí misma que debía recordar la curva de sus cejas, el color de su cabello, su porte… pero
ahora no tenía tiempo.

Un Naipe de Corazones surgió al abrirse las puertas principa-
les de las cuadras. Sus ojos se ensancharon con temor cuando vio a
la princesa cabalgando a Morte.

—¡Ella está aquí! ¡La princesa! ¡Ella monta el corcel del…!

No tuvo tiempo de terminar. Wardley le encajó la oxidada
hoja de su espada de entrenamiento por la espalda. El hombre
cayó hacia delante con un borboteo. Wardley miró a Dinah y sus
ojos se encontraron.

—Es el momento.

Dinah abrió la boca para objetar. Escuchó gritos de hombres
fuera de las paredes de las cuadras. Morte comenzó a golpear el
suelo con sus enormes pezuñas.

—No puedo, Wardley….

—¡*Veteee, lárgate de aquí*! —gritó Wardley, golpeando los
cuartos traseros de Morte con la hoja de su espada de entrenamiento.

Ese estímulo resultó más que suficiente para la bestia, que
tomó vuelo y se lanzó veloz hacia delante. Dinah ni siquiera tuvo
tiempo de ver qué había pasado con Wardley porque de pronto
atravesaban el establo a una velocidad de vértigo. Morte reventaba
una puerta tras otra. Sus enormes rodillas golpeaban las puertas
primero, y gigantescas astillas de madera salían despedidas por
todas partes mientras Morte destrozaba todo a su paso: puertas,
aldabas, trabes, bancos de madera u otros animales. Dinah se vio

inundada por una pila de astillas, pero no podía hacer nada más que aferrarse al cuello de la bestia. Su aliento era tan ruidoso que le perforaba los oídos conforme su gigantesco cuerpo rompía todos los cercos. El caos reinaba en las cuadras. La madera explotaba, los otros animales relinchaban, los hombres gritaban. Ella podía sentir la desesperación de Morte por salir de los establos, su determinación por alcanzar la libertad.

Los Naipes de Corazones entraron en masa a las cuadras, un mar de rojo y blanco que observaba con fascinado horror cómo Morte los iba dejando atrás entre astillas y paja. El último círculo de los establos era una pared de piedra. Dinah jaló las riendas de Morte, pero nada ocurrió. La bestia siguió yendo hacia delante, cada vez más rápido, entusiasmada por el reto. Morte fácilmente saltó sobre la pared y Dinah casi perdió el equilibrio, resbalando de su cuello en el aire para después caer de nuevo en el lugar preciso cuando las pezuñas de su montura aterrizaron sobre el suelo.

Ahora estaban afuera y el brillante amanecer nublaba los ojos de la princesa, quien de pronto se dio cuenta de una terrible realidad: Naipes de Corazones la rodeaban por todos lados, agitando sus espadas. Un valiente naipe se levantó frente a Morte con las manos en alto. Dinah le hizo la señal para que se apartara, pero el soldado permaneció en su sitio.

—¡Alto, alto! —gritaba.

Sus llamadas fueron inútiles. Morte se adelantó y sus enormes pezuñas comprimieron la cabeza del naipe como si se tratase de un melón maduro. El estómago de Dinah se encogió, pero no fue capaz de apartar la vista. Escuchó gritos de terror tras ella y cuando pudo mirar se dio cuenta de que los otros dos pezuñacuernos habían salido de los establos y corrían sin dirección entre los Naipes de Corazones, con las pezuñas llenas de sangre. Dinah volvió la cabeza hacia delante al sentir que el cuerpo de Morte se tensaba bajo sus caderas. Las puertas de hierro que separaban el palacio del País de las Maravillas del exterior se estaban cerrando un poco más cada segundo que pasaba, y Morte no pensaba quedarse dentro. Muchas personas gritaban detrás de la princesa y alrededor suyo, pero una voz se escuchaba por encima del barullo: el tono colérico de su padre.

—¡Mátenla! ¡Mátenla!

Dinah sintió cómo el miedo se enroscaba en su estómago. Un Naipe de Tréboles arrojó una olla de aceite hirviendo hacia ella desde arriba de una de las torres, pero Morte se movía demasiado rápido y sólo le salpicó un poco al final de la cola. Volaban sobre el mercado ahora, pasando docenas de puestos cubiertos con frutas y tartas.

Una sucia niña permanecía junto a su madre en un puesto de pan. Ella señaló a Dinah mientras pasaba, jalando la falda de su madre.

—¡Mira, mamá, es la princesa! —alcanzó a decir antes de caer de rodillas.

La capucha se había caído de la cabeza de Dinah hacía mucho rato, y su pelo negro caía suelto alrededor de su rostro mientras se aferraba a Morte. Dinah sintió la bolsa resbalándosele de los hombros. Rogando para poder mantener el equilibrio, se soltó y amarró las correas a su espalda. La espada de Wardley golpeaba entre sus omóplatos. Morte dejó escapar un gruñido de satisfacción, casi un grito de batalla. Los hollares y la boca del animal hervían con el vapor, pero Dinah tenía la sensación de que Morte sólo estaba calentando. No hacía más que correr cada vez a mayor velocidad, de modo que sus pezuñas prácticamente no tocaban el suelo. Se movían tan rápido que Dinah difícilmente podía ver las caras de las personas conforme avanzaban.

"Cuando muera hoy", pensó la princesa al aproximarse a las puertas, "al menos sabré cómo se siente volar". El ornamentado portón del palacio permanecía abierto durante el día y la noche, para que los comerciantes y viajeros pudieran ir y venir desde las afueras según sus necesidades. Alrededor de las puertas, Dinah podía observar a los naipes intentando cerrarlas. A cada lado, un grupo de naipes de espadas se esforzaba por doblar las bisagras que no se habían utilizado en años. Alguien dio un grito, y las puertas comenzaron a cerrarse una junto a la otra, centímetro a centímetro, crujiendo. Del lado izquierdo, un Naipe de Espadas con el cabello gris entrecerraba los ojos con el sol mientras la princesa se acercaba. Lo reconoció al instante; era el guardia al que ella había abofeteado un día de camino al palacio. Él la miraba con ojos fascinados al tiempo que otros guardias gritaban a su alrededor, señalándolos a ambos. Hizo un movimiento sutil, tan pequeño que nadie más podría adivinarlo, pero la princesa lo vio. La mano del guardia se detuvo sobre la manivela que abría las puertas durante un segundo.

Con eso bastaba.

Morte se empujó a través del hueco en el portón, sus amplios hombros rozándose contra el hierro de las puertas. El corcel emitió un gemido de dolor conforme las puertas lo raspaban, pero jamás se detuvo. Había visto el cielo abierto y el campo de blancas flores frente a él; el sabor de la libertad lo hacía odiar aún más la oscuridad de los establos. Dinah sintió un temblor bajo las piernas y luego, justo cuando pensó que no podían ir más rápido, Morte se apresuró y salieron disparados del castillo.

Dinah escuchó cómo las puertas se abrían tras ellos y volvió la cabeza con desesperación. Un pequeño ejército de caballos emergía frente a la muralla, guiados por un hombre grande montado en un pezuñacuerno blanco: el Rey de Corazones. Su espada de corazones se alzaba sobre su cabeza mientras gritaba el nombre de Morte una y otra vez, con una mirada enloquecida sobre su rostro. Dinah se estremeció. Nunca había visto a su padre ser genuinamente él mismo como en ese momento, y supo sin lugar a dudas que él había sido quien arrojara a su hermano por la ventana. Estaba lleno de furia y odio. Estaba empeñado en matarla.

Ella volvió a mirar al frente, su corazón golpeándole el pecho con fuerza, y se aferró al cuello de la bestia. Morte relinchó de felicidad y Dinah entendió que se había dado cuenta de que estaban siendo perseguidos. Escalofríos de placer recorrieron su grupa y galopó aún más rápido entre campos sin cultivar y arroyos, pasaron ciudades y aldeas, subieron y bajaron colinas y siguieron volando hasta que el palacio no era más que un punto blanco y rojo a sus espaldas. Wardley había tenido razón, Morte no mostraba signos de cansancio, más bien su velocidad parecía crecer a cada paso que daba. Por cada galope de sus perseguidores, el pezuñacuernos avanzaba seis. Pronto los perderían.

Dinah miraba hacia atrás cada cierto tiempo, pero no pasó mucho antes que los naipes se dieran cuenta de lo inútil de su empresa. Cayeron uno tras otro conforme sus caballos colapsaban en el suelo, agotados por la persecución. Sólo su padre continuaba persiguiéndola, pero era incapaz de alcanzarlos, por mucho que estuviera montado en otro pezuñacuerno. Morte era más rápido y fuerte que las hembras, y estaba furioso por los años de aprisionamiento. Sus pesadas pezuñas hollaban la tierra, la arena y los pastos. Morte avanzaba sin descanso hacia el bosque retorcido, dejando atrás campos y colinas. La distancia entre ellos creció y creció hasta que Dinah miró cómo su padre daba la vuelta en la forma de un pequeño punto blanco. Exhaló con fuerza y de pronto se atrevió a pensar que quizá llegaría viva al anochecer. Sus piernas y trasero gritaban de dolor con cada galope, pero su cuerpo se aferraba con fuerza al cuello de Morte.

Dinah recargó su cabeza sobre el cuello de su montura, y de pronto se dio cuenta que si ella caía, él seguiría galopando. No sólo no le importaba su jinete, sino que parecía no recordar que *llevaba* un jinete. La pura caída le hubiera partido los huesos. Si ella caía, él seguiría avanzando o volvería sobre sus pasos para partirle la cabeza con sus gigantescas pezuñas y ella no tendría más alternativa que permitírselo.

Se dirigían hacia el Este, así que ella jaló las riendas a la izquierda, esperando que su montura se volviera un poco hacia el Norte, hacia la zona más profunda del Bosque Retorcido. El cuerpo del pezuñacuerno respondió y comenzaron a avanzar en esa dirección. "Ve hacia el Bosque Retorcido", había dicho Wardley. "Te encontraré". Los árboles del horizonte comenzaron a verse cada vez más altos, con sus ramas dirigiéndose hacia el cielo. El sol se alzaba en toda la gloria del mediodía. Habían cabalgado durante horas que a Dinah le parecían días.

Morte saltó y Dinah se sentó con sorpresa. Casi se había quedado dormida sobre el cuello de la bestia. "Por todos los dioses", pensó.

Ahora podía verlo: el Bosque Retorcido estaba frente a ellos y los árboles de sus márgenes eran tan altos como las torres del castillo. Sus larguiruchas ramas se alzaban hacia el cielo, hambrientas. Los árboles se agitaban ligeramente, emitiendo una serie de ahogados gemidos, aunque ninguna brisa soplara sobre ellos. Dinah observó maravillada a los árboles, aunque Morte no mostraba señales de querer detenerse. Ella se aferró al cuello de la bestia. ¿Qué más podía hacer tomando en cuenta que se acercaban cada vez más rápido a la línea de árboles? Aunque los árboles se veían gigantescos, el bosque estaba más lejos de lo que parecía, y las piernas de Dinah estaban totalmente adoloridas. Para cuando llegaron al borde de los árboles, sus muslos sangraban por el roce con el cuerpo de su corcel. Sentía la garganta escocida; beber agua le parecía un sueño inalcanzable.

El sol comenzó a ponerse por el Este cuando se acercaron al borde. Había pasado un día y la mitad de la noche desde el encuentro de Dinah con el extraño. Morte finalmente comenzaba a mostrar signos de cansancio en forma de violentos espasmos que le sacudían el cuello y espuma que surgía de su boca. Los árboles, más altos que cualquier cosa que Dinah hubiera visto nunca, más altos que las torres negras, se alzaban frente a ellos, bloqueando con sus ramas la mayor parte de la luz. Algo en los árboles provocaba un resplandor trémulo, así que Dinah no pudo ver cómo la pezuña de Morte se atoraba en un hueco en el suelo, haciéndolo caer en picada hacia delante.

Ambos cayeron con violencia en el banco de un pequeño arroyo. Dinah voló por encima del cuerpo de Morte y aterrizó de lado, con la bolsa amortiguando su peso. Luego rodó hacia un tronco caído y se golpeó la cabeza con la madera. Algo en su mano le ardió como si una rama le hubiera traspasado la palma y sintió cómo el dolor escalaba por el brazo.

Intentó levantar la cabeza pero no pudo. No podía pensar, no podía moverse. Agua sucia le llenaba la boca mientras luchaba por

253

permanecer despierta. Sus últimos pensamientos fueron para los ojos de Charles cuando se asomaba tras las escaleras: azul brillante y verde suave.

—Mi Dinah.

Él había tocado su mano.

Ella cerró los ojos y se rindió ante la oscuridad pensando que jamás sería una reina.

CAPÍTULO 14

inah soñó que se ahogaba. Se retorcía y flotaba, sólo que en esta ocasión, en lugar de la oscura tinta que surgía de entre los espejos, lo que inhalaba era agua de verdad. El mar le llenaba la boca y los pulmones. Pequeños peces aleteaban sobre su lengua mientras otros le escarbaban entre los dientes. Una anguila blanca y negra se enroscaba sobre su pecho. Diversas algas se aferraban a sus tobillos mientras ella luchaba por moverse sintiendo pánico por no alcanzar la superficie.

Fuera del agua negra algo enorme y terrorífico se movió. Dinah tuvo que quitarse pedazos de coral y arena de los párpados para poder abrir los ojos. Un reluciente pez blanco se acercaba hacia ella. Sus escamas brillaban con la luz y la cegaban con su belleza. El pez abrió la boca y Dinah pudo ver fila tras fila sus afilados dientes. Llevaba un sombrero. Ella trató de gritar y el agua se le metió a la boca. Entonces abrió los ojos, estremecida. ¿Se estaba ahogando? ¿Estaba muriendo? Tenía la boca llena de agua de verdad. Escupió y se atragantó. Para su gran alivio, el agua provenía de un pequeño arroyo, apenas un hilillo que discurría entre el fango y algunas plantas moribundas. Dinah levantó la cabeza y volvió a escupir. Tenía un trozo de césped enredado en la mejilla. Con manos temblorosas intentó levantarse, sólo para sentir cómo el dolor le recorría los dedos.

Al observarlos se dio cuenta de que dos de sus dedos estaban hinchados y retorcidos en extrañas direcciones. No podía doblarlos y el mero roce de su otra palma la hacía gritar de dolor. Todavía escupiendo agua, Dinah se sentó y observó sus dedos. "Toma un respiro", se ordenó a sí misma. "Tienes que pensar".

Después de algunos momentos, Dinah arrancó dos gruesas hojas de pasto que crecían en el arroyo y con ellas amarró sus dedos juntos. Dinah gritó al hacer el nudo; sentía como si le estuvieran clavando agujas bajo las uñas. Sin aliento, se reclinó sobre el arroyo y observó su mugriento reflejo. Se limpió la sangre seca que cubría su rostro, desde la sien hasta la barbilla. Las fangosas aguas del arroyo le habían dejado un gusto desagradable en la boca. Volvió a escupir y comenzó a rodar entre la hierba antes de emitir un grito ahogado. Las negras pezuñas de Morte se hallaban a unos cuantos centímetros de su cara, rodeadas de gruesas espinas de hueso, cubiertas con manchas de sangre, algunas todavía frescas y goteantes, otras ya secas. Al tenerlas tan cerca, Dinah pudo ver cómo las espinas estaban dentadas, con la forma de un cuchillo para tallar. Eso las volvía mucho más mortíferas que si fueran rectas, y con mayor razón cuando pensaba en lo fácil que era que se encajaran a los lados de su cabeza.

Dinah se levantó con cuidado, procurando no asustar a Morte, que se alzaba sobre ella. Su silueta bloqueó el sol de la tarde. Todo lo que podía ver eran montículos de negro músculo y hueso. "Va a matarme", pensó, "quiere hacerlo". El vapor surgía de los hollares de la bestia mientras batía su cabeza a un lado y otro sobre ella. Sus pezuñas golpearon el suelo a centímetros del cuerpo de Dinah. Era tan fácil que la destrozara. Morte volvió a golpear el suelo. Bajó la cabeza y olfateó a Dinah, quien quedó cubierta de un vapor tan caliente que creyó que le saldrían ampollas. Sin embargo, no se movió, mantuvo el cuerpo quieto como de piedra y los ojos cerrados. Finalmente, Morte pareció satisfecho, alejó de ella el hocico y volvió a golpear el suelo.

Dinah abrió los ojos y observó sus pezuñas con pánico. Una de las púas se había roto y ahora se le encajaba profundo en uno de los cascos. "Debió de haber ocurrido al tropezar con el hoyo", pensó Dinah. Morte siguió golpeando el suelo con la pezuña, casi como si le pidiera algo. Finalmente Dinah se puso de rodillas con las manos al frente, como rindiéndose. Dinah acercó sus manos temblorosas a la pezuña de la bestia.

"Puedo perder las manos… o la cabeza", pensó Dinah. Finalmente tocó la pezuña como había visto que hacía Wardley con los caballos normales innumerables veces. Wardley… ¿qué habría sido de él? Las manos de la princesa se alzaban ahora justo sobre las púas. Dejó su mano herida sobre la pierna de Morte mientras con la otra se aferraba a la púa clavada sobre la pezuña. Los bordes dentados de la púa le hirieron la mano mientras jalaba. Morte dejó escapar un espantoso grito de dolor y golpeó el suelo con sus otras patas. La púa no se había movido nada, y que ahora se hallaba cubierta con la sangre de la mano lacerada de Dinah.

Morte rechinó los dientes y Dinah sintió cómo crecían su furia y ansiedad. Contaba con segundos antes de que perdiera el control y la matara. Podía sentirlo. Volvió a tomar la púa y jaló con todas sus fuerzas. Sintió cómo se le desgarraba la piel de la mano como si hubiera jalado la hoja de una espada. Se escucharon ambos gritos, los de Dinah y los de Morte, conforme la espina salía de la pata de la bestia y hería la mano de la princesa; la sangre de ambos se mezcló. Luego el pezuñacuernos la apartó bruscamente hacia un lado con la cabeza, y Dinah se acurrucó en el suelo, cubriéndose la cabeza con los brazos, una de sus manos todavía sostenía la espina ensangrentada al tiempo que Morte describía círculos a su alrededor, sus patas golpeaban el suelo a escasos centímetros de su rostro.

"Por favor...", murmuró la princesa. "Por favor...".

Morte se mantuvo quieto y durante unos minutos consideró quitarle la vida, luego se marchó para inspeccionar su herida. Cuando Dinah levantó la cabeza, él la observaba fijamente una docena de metros más lejos, sus enormes ojos negros inspeccionaban cada centímetro de su rostro; pensaba, calculaba. Después de lo que pareció una eternidad, resopló con fuerza y Dinah sintió cómo el alivio la recorría. Morte no iba a matarla; no ahora. Ella se lavó la mano en la charca. Desgarró un trozo de lo que otrora fuera su blanco camisón, ahora ensangrentado y cubierto de pelo negro y porquería, y lo ató alrededor de su mano herida. Los dedos rotos le dolían mucho y tuvo que apartarse de la charca, temiendo desmayarse. Tambaleante, se arrastró hacia el árbol caído donde se había golpeado la cabeza, volteaba a ver a Morte de cuando en cuando. La bestia pastaba feliz; arrasaba con la hierba que encontraba a su paso.

"Comida". Dinah fue consciente de pronto del doloroso vacío en su estómago, un hambre más fuerte de lo que nunca había experimentado. Con las piernas temblorosas se puso de pie y caminó muy despacio hacia la bolsa que había caído a unos metros. Desamarró las ataduras y buscó comida con desesperación. No tardó mucho en hallar otra bolsa más pequeña dentro, que guardaba carne seca de pájaro, pequeñas hogazas de pan y bayas frescas. Dinah comenzó a morder grandes trozos de pan, casi atragantándose. Estaba convencida de que nunca nada le había sabido tan bien como este simple pan acompañado por un puñado de moras. Había una pequeña cantimplora de piel dentro de la bolsa que ella llenó con agua del arroyo. El líquido estaba fangoso y marrón, pero aún así llenó su boca como si fuera néctar de los dioses. Dinah bebió hasta sentir que podría enfermarse.

Con el estómago lleno, pero intranquila, Dinah dejó que su mente comenzara a despejarse mientras observaba a Morte con sus crines salvajes, sueltas al viento. La verdad comenzó a invadirla en oleadas salvajes. Su padre había asesinado a su hermano. El extraño la había advertido, había empacado una bolsa para ella y la había animado a huir. De haber seguido sus instrucciones se habría librado de la persecución. Habría escapado silenciosamente a mitad de la noche y hubiera podido tomar la dirección que prefiriera. Pero tenía que ver a Charles, tenía que ver su cuerpo destrozado, tenía que ver a Quintrell y Lucy apilados como ropa vieja en el armario. Tenía que ver a Wardley. Wardley, su amor. Wardley la había salvado y a cambio ella lo había apuñalado. ¿Qué pasaría con él? ¿Sería capaz de encontrarla? ¿Lo perdonaría el rey por la simpatía que sentía hacia él o cobraría su cabeza por su lealtad a Dinah? Con suerte el rey observaría la herida que ella le había causado y se conformaría con eso, aunque era de naturaleza desconfiada. ¿Qué iba a pasar con Harris y con Emilia? Una lágrima rodó por sus mejillas al pensar en su bondadoso guardián que se despertaría y se daría cuenta de que ella se había ido. ¿Creería que ella era la asesina? ¿Que lo había hecho dormir y había matado a su propio hermano? Dinah negó con la cabeza. Nunca. Harris conocía su verdadera esencia, pero con suerte sabría ocultar su lealtad hacia la princesa delante del rey.

El Bosque Retorcido dio un sonoro gemido detrás de ella, seguido del chirrido de los árboles que torcían a capricho sus gruesas ramas. Cada que Dinah cerraba los ojos podía ver a su padre, la ira en su rostro, la espada de corazones levantada sobre su cabeza, su mirada inyectada en sangre. De haberla alcanzado, con toda seguridad la hubiera matado, y la mataría ahora si pudiera atraparla.

Dinah se puso de pie a toda prisa, con los muslos adoloridos y lacerados por sostenerse del cuello de Morte. El Rey de Corazones podría regresar con sus caballos y naipes y sabuesos. Muchos de los espadas recibían entrenamiento para rastrear, fácilmente la encontrarían ahí.

Dinah miró en derredor para entender plenamente su situación. Se encontraban en la orilla del Bosque Retorcido, a casi cien metros de los campos de árboles: gigantes, colosales árboles parecían enojados y la hacían sentir que no era bienvenida. El claro en el bosque era hermoso, una loma de hierba escondía el pequeño lecho del río cuyo fondo estaba cubierto de piedras, había manchas de flores moradas y amarillas. Mientras veía a Morte comer pasto, pensó que la escena parecía casi pintoresca, una fantasía rural, algo que podría pintar en sus lecciones de arte. La belleza cruda del momento se entremezcló con el terror persistente, anidado en el pecho de Dinah. El rey podía regresar. De hecho probablemente ya estaba en camino. Ella debía pensar, tenía que moverse. No había tiempo para ponerse a pensar en todo lo que había ocurrido, este no era momento para dolerse. Dinah sacó lo que había en la bolsa. El extraño había empacado ropa, además de algunas herramientas y comida: dos túnicas de lino blancas, pantalones de lana, un cinturón, un pesado vestido negro y botas de montar color rojo oscuro. Notó que eran las botas que usan los Naipes de Corazones. Miró hacia todas partes con pudor, luego de lo cual Dinah se quitó su camisón blanco y sintió un escalofrío con la brisa helada que acariciaba su cuerpo. Se puso los pantalones de lana y una de las túnicas blancas, y enfundó sus pies en las botas rojas de montar. Le quedaban a la perfección. Enrolló su camisón y la capa de lana, y las empacó en la bolsa. Ambas manos le punzaron del dolor por el esfuerzo.

"Ahora tengo que pensar diferente, estas cosas podrían servirme más tarde, como para vendar mi mano". Con cautela desenvolvió el paño que le cubría la palma. La herida se veía bastante fea: un grueso tajo sangriento corría a todo lo ancho de su palma. Volvió a envolver la herida antes de salpicarse un poco de agua del arrollo en la cara. El sol estaba en lo alto del cielo y el calor que sentía sobre la piel la adormeció. "Tengo que concentrarme", pensó, mientras sentía el viento soplar sobre su rostro, "tengo que ser inteligente, de lo contrario ellos fácilmente van a encontrarme. Ahora no puedo pensar en cosas como dormir o descansar.

Se mordió los labios. Su padre era valiente, un hombre de gran fortaleza física. Sin embargo, no era muy listo que digamos. No, eso se lo dejaba a Cheshire. No era a su padre a quien tenía que sacar ventaja, sino a Cheshire. ¿Qué hubiera hecho él? "Él esperaría que me dirigiera hacia el Norte", pensó Dinah. El Bosque Retorcido estaba lleno de peligros y misterios, pero lo más importante era que se trataba de las inmediaciones de las tierras de las tribus yurkei. El Bosque Retorcido sólo podría traerle la muerte, pero en el Norte se dispersaban los pueblos en los que podía refugiarse, esconderse, intentar ser alguien más. Él seguramente pensaría que Dinah querría encontrar a la familia de su madre, que vivían en la punta norte de la costa oeste, en Ierladia.

Detrás de ella, el Bosque Retorcido volvió a gemir. Los árboles torcieron sus ramas de forma simultánea hacia el cielo como por una orden no dicha. Del otro lado del Bosque Retorcido yacían las descarnadas montañas de los yurkei. Ese era el último lugar en el que podía refugiarse la Princesa de Corazones. Los yurkei sólo querían destruir a los habitantes del País de las Maravillas. Era el último lugar a donde su padre esperaría que ella fuera. Tal vez había sido por eso que Wardley lo sugirió. Ella miró con temor hacia el bosque mientras se movía silenciosa, alarmada por el indescriptible sentimiento de ser observada por los árboles. Algunos hombres habían sobrevivido para contar las historias que se sabían sobre el Bosque Retorcido, pero cada vez eran menos los hombres de las montañas que sobrevivían al enfrentar la ira de su padre. La decisión estaba tomada. Morte aspiró con gusto el viento fresco y cabeceó de dicha.

Dinah se dio cuenta de que había huellas suyas por todo el derredor. Ambos, ella y Morte, habían derramado su sangre en ese lugar y habían dejado rastros de su presencia. Cualquier sabueso que olfateara el terreno podría con toda seguridad saber que habían estado ahí. Llena de frustración, pateó un pedazo de piedra petrificada que se partió en astillas. "Entonces aléjalos", pensó. Tengo que encontrar la manera de alejarlos de aquí". Miró hacia el cielo. Podía deducir que su padre tendría que cabalgar medio día de regreso al palacio, y otro medio día hasta ahí. Había estado inconsciente al menos tres horas, a juzgar por la posición del sol cuando despertó. Dinah maldijo para sí por no haber prestado atención a las lecciones que Harris trataba de enseñarle acerca del curso del sol. Claro que era un riesgo, pero debía tomarlo. Debía confundirlos. Tenía que actuar de modo distinto a como ellos esperarían que actuara. Probablemente no funcionaría, pero al menos debía intentarlo.

Dinah recogió la bolsa y comenzó a caminar hacia el Noroeste. Sus pies la atormentaban a cada paso y el dolor le palpitaba en ambas manos. Soñaba con poder dormir un poco, acostarse en el grueso pasto que parecía tan confortable como un colchón de plumas. Dejó que sus pensamientos vagaran mientras ella se tambaleaba. ¿Quién podría ser el extraño? Había algo en él que le resultaba familiar, pero ni siquiera podía estar segura de que se tratara de un hombre. La manera en que el extraño le había tapado la boca con la mano, la manera en que susurraba era absoluta, poderosa. Entre más pensaba en todo lo que había ocurrido, más frustrada se sentía. La noche había sido un episodio confuso de intenso temor y emociones salvajes, y ella se dio cuenta de que recordaba todo de manera turbia y llena de huecos en blanco. ¿Había alguien más con ella en el cuarto de Charles? A ella ni siquiera se le había ocurrido mirar. ¿La cabeza de Charles se habría herido por la caída o había sido el golpe de una espada? ¿Cómo había llegado desde el cuarto de Charles hasta el establo? ¿Qué habría pasado con Wardley cuando ella salió galopando del establo? ¿Por qué no escapó con ella? ¿Por qué Morte no hizo caso a su padre?

Abrumada por las preguntas, Dinah tropezó con una roca. Sus rodillas golpearon el suelo con un ruido sordo y su mente colapsó en terribles pensamientos. ¿Acaso era responsable de que Charles hubiera muerto? Dejó que sus lágrimas corrieran incontenibles por su amado hermano, por Lucy, por Quintrell. Todos ellos inocentes. Todos ellos asesinados por la mano de su padre. Había sido culpa de ella que ahora estuvieran muertos, que Charles hubiera subido las escaleras y hubiera abierto la ventana hacia la noche sin estrellas. ¿Había tenido miedo? ¿Había gritado? Dinah ofreció una plegaria en silencio porque él no entendiera lo que estaba ocurriendo, porque sus últimos momentos de vida hubieran sido pacíficos, porque no se hubiera dado cuenta de nada. Y Lucy y Quintrell, ¿habían sido asesinados antes que él o después? Se ahogó entre sollozos. ¿Acaso habrá sido testigo Charles del asesinato de sus fieles sirvientes y entonces corrió escaleras arriba para escapar? Oh, dioses. Dinah se cubrió la boca. Temerosa del mal que la acechaba. No podía seguir ahí, arrodillada en ese campo, pero tampoco podía reunir la voluntad para moverse. Se hallaba paralizada por la pena y el llanto. Después de unos momentos, sintió que una pequeña piedra, junto a su mano, se tambaleaba. Pezuñas. Podía escucharlas. El suelo vibraba con pisadas de caballos. Dinah agachó la cabeza.

El retumbar de las pisadas se hizo más lento conforme se acercaban hasta detenerse. Dinah miró hacia arriba, con recelo, esperando encontrar el brillo de una espada de corazones, pero en lugar de eso encontró a Morte de pie frente a ella. Su gran hocico se inclinaba hacia Dinah, de modo que ella podía ver directamente sus enormes ojos negros.

"Me seguiste", murmuró. Alzó su mano herida para alcanzar a tocar su nariz. Morte se sacudió hacia atrás alarmado y dejó caer una de sus patas muy cerca de su cabeza. "Todavía no", pensó ella. "Todavía no. Pudo haberme matado por eso. No debo olvidar que no es un caballo. Fue una acción estúpida de mi parte". Dinah se limpió los ojos y con el cuerpo tembloroso por el cansancio logró ponerse en pie y seguir caminando. Miraba hacia atrás, cada vez más sorprendida de que Morte siguiera sus pasos, aun cuando cambiara de dirección. Su presencia imponente todavía la ponía nerviosa. Estaba plenamente consciente de que la bestia podría regocijarse en darle muerte, pero también era cierto que resultaba agradable no sentirse tan sola.

Lento y pesado, avanzaba tras ella y siguieron así por unas horas más. Dinah absorta en sus pensamientos, Morte disfrutando del sol sobre su espalda oscura. Después de pensarlo mucho, ella sacó una manzana de la bolsa y se la ofreció. El animal se la tragó entera sin siquiera molestarse por masticarla. Luego encontró en el fondo de la bolsa un poco de carne seca de ave que se acabó sin siguiera saborearla. "Tengo que dejar de comer así. ¿Qué voy a hacer cuando se me termine la comida? Apenas ha pasado un día".

El paisaje de los alrededores había cambiado y Dinah pensó lo lejos que había llegado. El sol empezaba a declinar sobre el cielo y la oscuridad se cerniría sobre ellos en sólo unas horas. Las tierras bajas cubiertas de flores silvestres seguían y seguían hasta donde su vista alcanzaba. El panorama se interrumpía cada tanto por uno que otro árbol blanco, cubierto de musgo plateado que se mecía aún cuando no hubiera viento. Dinah se dio cuenta de que no era el paisaje lo que había cambiado tan drásticamente desde que dejaran el lecho del arroyo. Lo que había cambiado era el color del paisaje. Las flores silvestres que antes habían sido de miles de colores distintos, cuando comenzaron su caminata, habían empezado a cambiar sutilmente de coloración conforme se alejaban. Racimos de delicados pensamientos, narcisos y gruesos *delphinium*, largos tallos de liatris, rosas y tulipanes comenzaban todas a cambiar sus ricos colores en matices más frescos y suaves. El rojo intenso de las consueldas comenzó a tomar una coloración azul mientras avanzaban. Los narcisos amarillos se volvían blancos y después azul cielo y luego color lavanda. El cambio de color se originaba en el estambre de cada flor con un giro en espiral que disparaba la metamorfosis de un matiz a otro.

Sus pies acariciaban las flores de tonos cambiantes campo tras campo. Era tan increíble, que Dinah por un momento olvidó lo exhausta que se sentía. Eran kilómetros y kilómetros del mismo paisaje sorprendente. Un monte se alzaba del suelo ante ella, forrado de flores azules. La escena le recordó a Dinah las pinturas que había visto del mar, una ola que se encrespaba al alcanzar su máxima altura. Miró hacia lo alto y pudo ver cómo el color volvía a cambiar muy suavemente en la punta curvada de la montaña. De algún modo, la cima era de un color diferente a la base.

Dejó caer la bolsa con un ruido sordo y, olvidándose de todo, corrió a toda velocidad hacia la cima del monte. Su movimiento sorprendió a Morte, quien dio un corcoveo alarmado sobre sus cascos traseros, y golpeó el suelo con irritación. Cuando Dinah alcanzó la cima se dejó caer sobre la cama de flores, abarcando con la vista el paisaje más hermoso que jamás hubiese contemplado. La belleza de aquel lugar le quitó todo el aire de sus pulmones. Era azul. El azul más profundo que hubiese visto, más profundo que el azul aciano. Más que los ojos de Victoria y más bello que las joyas de zafiro. Los ropajes más hermosos de todo el reino jamás podrían capturar este azul lleno de matices cambiantes. Puro azul que se extendía hasta donde alcanzaba la mirada. Cada colina de ahí hasta el horizonte norte estaba cubierto de flores azules del mismo tono, un azul perfecto que se esparcía sobre miles de diferentes tipos de flores. Ella contemplaba con asombro cómo el viento ondeaba a través del valle y el azul resplandeciente de lado a lado se mecía ola tras ola.

Dinah estaba boquiabierta por el pasmo que le producía semejante belleza. Una ráfaga en particular barrió todo lo ancho del valle y ella vio maravillada cómo cambiaba el color en un azul más claro, e instantáneamente pasaba de una flor a otra, como si las flores se secretearan entre ellas. Era tan rápido que no podía captar el momento en que se originaba el cambio, no podía ver la primera flor que mutaba. Con cada respiración, las flores cambiaban de tono: de turquesa a lavanda, de lavanda a azul nocturno, tan oscuro que parecía casi negro. Dinah nunca había visto algo tan hermoso como aquello. Este era el Noveno Mar, un área oscurecida en el centro del mapa del País de las Maravillas, un nombre que ella había escrito cientos de veces en sus lecciones. En el mapa aparecía como si fuera un cuerpo de agua, pero estaba equivocado. No había agua, sólo un ondeante océano de flores, una interminable extensión de azul contra el cielo del atardecer. De pronto, Dinah se dio cuenta no sólo de que había llegado demasiado lejos, sino de que se había dirigido demasiado hacia el Norte. En su caminata había perdido el rumbo y ahora la noche estaba por caer.

Las estrellas del País de las Maravillas comenzaron a aparecer en el firmamento: esa noche brillarían directamente sobre su cabeza, bajo el cielo, apiñadas en racimos. Parecían más luminosas aquí, a cielo abierto, de lo que se veían desde su balcón, en el palacio. Miró hacia el este y recuperó el aliento mientras las flores cambiaban de matices azulados. Sí, había llegado demasiado lejos; ellos comenzarían a moverse ya al final del Bosque Retorcido. Atravesar el Noveno Mar sería pasar por una extensión gigantesca donde no había nada y que sólo terminaba en el Todren, exactamente la dirección en que su padre la había visto cabalgar la última vez, y la dirección que ella quería que él siguiera. Era momento de regresar. Ella dio una última mirada al Noveno Mar que ondeaba con el viento haciendo cambiar los colores de brisa en brisa, nunca con el mismo tono de azul. "Podría quedarme aquí todo el día, disolverme con el azul, desaparecer. Ojalá Charles hubiera podido ver esto".

Ella cortó una flor que estaba a sus pies, pero se blanqueó inmediatamente y murió en su mano. Dinah esparció el polvo que danzó con el viento sobre las ondas color lapislázuli. Dejó escapar un suspiro de cansancio y se dio la vuelta. Morte la miró confundido mientras Dinah seguía cuidadosamente su propio rastro, pero pronto la siguió, y fue dejando las huellas de sus cascos sobre las mismas que dejara hacía unas cuantas horas. Dinah iba dando de tropezones a cada tanto. Su cansancio hacía casi insoportable el dolor en su mano derecha y el ardor de la herida de la mano izquierda. Estaba tan cansada, tan cansada, que se dijo: "No voy a lograrlo. No voy a poder regresar". Su corazón saltaba como si quisiera salírsele del pecho y los latidos resonaban en sus oídos. Sus pies tropezaban una y otra vez. A cada paso caía sobre sus rodillas. Finalmente, Dinah se quedó en el suelo y cerró los ojos. Las estrellas la cubrían desde lo alto. "Sólo voy a descansar un poco. Sólo un poco", pensó. Morte se impacientó y le dio un empujón con la nariz. El vapor de sus ijares le chamuscó los vellos del brazo. Con un esfuerzo sobrehumano, Dinah trató de levantarse. Sus piernas la obedecían pero su mente no podía más. Morte levantó uno de sus cascos y lo dejó caer con fuerza en el suelo. Repetía ese gesto una y otra vez.

—Qué es lo que quieres —dijo ella—. Déjame dormir.

Morte se quedó plantado ante ella, impasible, hasta que se le ocurrió pensar: "Quiere que lo monte". El solo pensamiento la alegró, pero no estaba segura de cómo lograría subirse en él. A veces le costaba trabajo montar a Speckle, y Morte era el doble de alto, sin contar que no llevaba montura. Usar la melena del pezuñacuernos le parecía una manera segura y dolorosa de morir, además de que no tenía la energía necesaria para alzarse sobre él. Morte levantó su pezuña nuevamente y la mantuvo en lo alto, luego la dejó caer de nuevo con un golpe sordo.

Dinah sintió que todo su cuerpo temblaba exhausto. Apoyó la mano sobre el costado de Morte. Podía sentir la fuerza monstruosa de sus costillas, el palpitar de su fuerte corazón. Él levantó la pezuña y ella posó gentilmente el pie sobre las púas de su pata. Se balanceó con mucho cuidado, pendiente de que los picos no fueran a atravesarle el pie si distribuía mal el peso. Cerró los ojos y murmuró una súplica antes de dar el salto hacia arriba. Las espinas de hueso de la pata del pezuñacuernos empujaron la bota con fuerza y Morte levantó la pata para que Dinah subiera hasta estar a suficiente altura para trepar sobre él. Su extenso lomo estaba tibio y confortable. Los músculos de sus piernas pulsaron de dolor al volver a la posición, alrededor del grueso cuello de Morte, pero ella no podía estar más agradecida de estar sentada. Dinah alzó la voz para ordenarle avanzar, pero después lo pensó mejor y se quedó quieta hasta que Morte decidió trotar suavemente hacia la dirección de la que venían. No era la carrera loca que los había llevado hasta ahí, pero aun así era tres veces más rápido de lo que Dinah hubiera podido ir si estuviera en posibilidades de correr. El movimiento la arrulló y ella cerró los ojos apoyando su cuerpo contra la enorme cabeza de Morte. Rápidamente se quedó dormida.

La luna desnuda del País de las Maravillas estaba en lo alto del cielo cuando el trote de Morte la despertó. Ella miró en derredor y dio un respiro de alivio al reconocer el claro con el lecho del arroyo donde originalmente habían emprendido la caminata. Que rápido ese pequeño valle había pasado a parecer un lugar seguro. Dinah se deslizó por el costado de Morte, sin saber bien a bien cómo bajar de lo alto de su cabalgadura. Su pierna talló una de las púas que hizo un ligero rasguño a lo largo de su piel. Morte tomó grandes tragos de agua del arroyo y Dinah volvió a llenar su odre. Encontró su espada tendida entre las hojas secas y la regresó a la bolsa, que había escondido detrás de un arbusto. Dinah se colgó ambas cosas sobre los hombros. Era hora de moverse. Su padre probablemente estaba cerca. Había llegado muy lejos, pero tenía la esperanza de que fuera suficiente para alejar a los sabuesos. Suficiente para engañar a Cheshire. Elevó una plegaria en silencio deseando que ellos mordieran el anzuelo.

Dinah comenzó a renguear entre los árboles, aliviada de escuchar los pasos de Morte siguiendo los suyos. Muchos de los árboles colosales que vigilaban la orilla del bosque torcieron sus troncos en dirección a ella al tiempo que pasaba. Dinah dejó que su mano descansara en la empuñadura de la espada para tranquilizarse con su presencia. "No voy a tener miedo de este bosque", se dijo, "porque mi lucha para vivir no comienza ahora. He estado luchando toda mi vida, sólo que no me daba cuenta. Mi lucha comenzó cuando nací, cuando mi padre comenzó a temer que yo heredara el trono. Estoy más segura en este bosque de lo que jamás he estado en otro lugar. No morí hoy, así que no voy a temerle a la muerte mañana". Ese pensamiento la llenó de valentía, aunque dudaba que esa valentía permaneciera por mucho tiempo. Miró hacia atrás y vio a Morte que la seguía cientos de yardas atrás, con las orejas aplastadas contra la cabeza. Incluso el más temible de los pezuñacuernos le temía al Bosque Retorcido. El miedo se revolvía dentro de su estómago. Dinah empuñó su espada y fue así como la que en un tiempo había sido la princesa del País de las Maravillas, y su corcel negro como un demonio, desaparecieron en el Bosque Retorcido sin dejar tras ellos nada sino un rastro falso y el lejano vestigio de una corona.

El volumen 2 de *Reina de Corazones*

muy pronto

AGRADECIMIENTOS

uchas gracias a las maravillosas personas que hicieron posible esta novela:

Ryan Oakes: por su valiosa retroalimentación, su apoyo y por haber creído en esta novela, que fue lo que le dio el impulso necesario para, de ser una idea vaga, convertirse en una realidad tangible. Gracias por tu infatigable amor, tu brillante creatividad y tu increíble conocimiento acerca de la fantasía y la lucha. Gracias por haberme dado la fuerza necesaria para mantenerme fiel a mis instintos y a la historia que quería contar.

Para Maine: tú eres una maravilla.

Para Ron McCulley y Tricia McCulley, quienes fueron modelos de paciencia, apoyo, y la cantidad justa de devoción paternal: gracias.

Para mi elegante hermana, Cynthia McCulley: gracias por siempre poner una sonrisa en mi cara, y por haber aceptado ser "un caballo". El que hayas compartido conmigo tu amor por la música dramática me ayudó a escribir las escenas más emocionantes de esta novela. La siguiente va por ti.

A mis queridos amigos, quienes me acompañaron en este proceso siendo magníficos como han sido siempre: Kimberly Stein, Sarah Glover, Emily Kiebel, Cassandra Splittgerber, Elizabeth Wagner, Jordan Powers, Terri Miller, Nicole London, Katie Hall y Karen Groves: gracias por escucharme cuando me pasaba horas describiendo las cosas que había en mi mente.

A mis intimidantes lectores de pruebas, Michelle Rehme, Erika Bates, Jen Lehmann, Denise McCulley, Patty y Sarah Jones, Deb Sjulstand, Angela Turner, Holly Cameron y Stefanie Feustel: gracias por ayudarme a convertir esta novela en algo de lo que me siento muy orgullosa.

Este libro pasó por las manos de varios editores expertos: Erin Armknecht, editora literaria y formadora, cuyo aporte es tan grandioso que simplemente no podría calcularlo; Jeni Miller, cuyo talento y ojo editor fueron completamente apabullantes y perfectamente justos, y Jess Riley. La *Reina de Corazones* es mucho más brillante gracias a ustedes.

A Crystal Patriarche, Haidi Hurst y a todo el equipo de SparkPress, así como a la imprenta BookSparks: son un grupo incomparable todos ustedes.

A Erin Chan, tan encantadora como talentosa: gracias por las fabulosas imágenes que embellecen estas páginas, y gracias por haber sido la hermosa silueta que agracia la portada.

A Mae Whitman: gracias por haber sido la inspiración detrás de mi Dinah. Tú eres una pequeña feroz y encantadora, y admiro cada parte de tu trabajo.

Finalmente agradezco al hombre Lewis Caroll: *Alicia en el País de las Maravillas* es la cosa más deliciosa y cavernosa que he leído jamás. Gracias por ser el verdadero genio detrás de estos personajes, y por permitirme imaginar y dibujar este magnífico lugar.

Reina de corazones se imprimió en octubre de 2015,
en Corporación de Servicios Gráficos Rojo, S.A. de C.V.
Progreso no. 10, Col. Centro,
Ixtapaluca, Edo. de México, C.P. 56530,

Dirección editorial : : César Gutiérrez
Portada : : Diseño Selector / Socorro Ramírez
Apoyo editorial : : Margarita Carrasco